[日]东野圭吾 著

岳冲 译

沉睡美人

怪しい人びと

湖南文艺出版社

怪しい人びと

目 CONTENTS 录

沉睡美人
1

我蹲下身,查看箱子上贴的运单,收件人地址是我家,收件人姓名却是莫名其妙的"宫泽商会"。而寄件人——居然是我的公司!

不变的判罚
33

莫非他想起来了?我有些怀疑,但随即否定了这个猜测。这家伙不可能记得我的,对他来讲,那不过是自己职业生涯中成千上万次判罚中的一次而已。

工作，还是死亡？
65

因为自己无心的一句话，我的脑子里闪过一个可怕的想法。

宫下前辈似乎也想到了。

我们两人不约而同地望向了林田股长调试过的机器人——它的长长的铁臂膀比人的手臂还要灵活。

苦涩的蜜月旅行
95

"你这是干什么？"她的声音微微发颤。我的指尖稍稍用力，她的脸上便渗出恐惧之色。

"回答我。"我用连我自己都觉得毛骨悚然的低哑的声音逼问道，"宏子是你杀的吗？"

灯塔之上
125

早上和他见面时，我稍微做了一点手脚。趁他上厕所，我从他的背包里取出波旁威士忌的酒瓶，把我随身携带的安眠药放了进去。

所以今晚，他一定会沉睡不醒。

结婚喜报
159

然而有两点令人费解,首先是那张照片,其次是典子不告诉曜子自己已经结婚的理由。依照常理,典子的婚讯应当是老友见面时首先要说的核心话题。莫非典子有意隐瞒?她为什么要这样做?

哥斯达黎加的冷雨
195

我没有与他争执,只是问了问后面我们应该做些什么,顺便让他给我们换了房间。虽然犯人应该不会追到酒店,但只要想到钥匙还在他们手里,我就心绪不宁。

解说
227

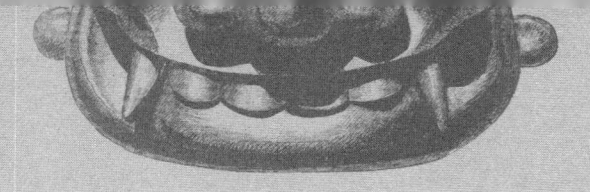

沉睡美人

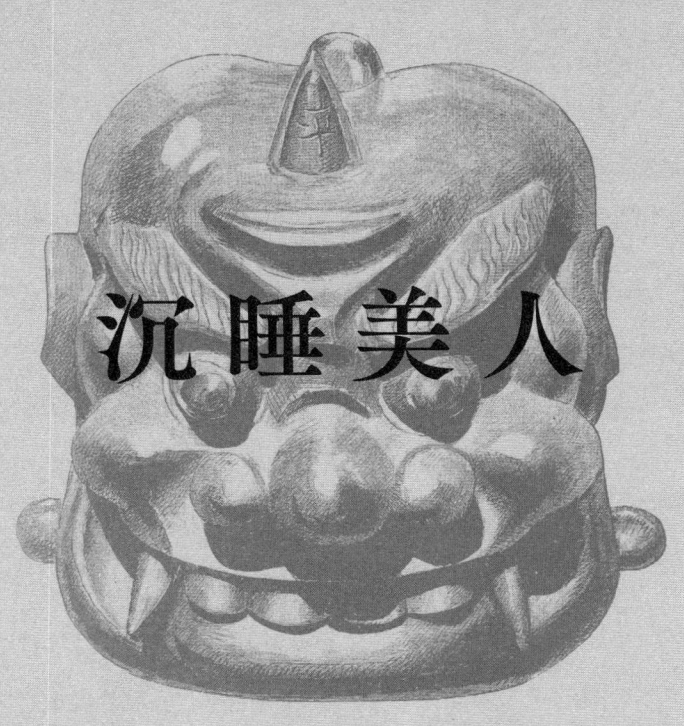

我蹲下身,查看箱子上贴的运单,收件人地址是我家,收件人姓名却是莫名其妙的"宫泽商会"。而寄件人——
居然是我的公司!

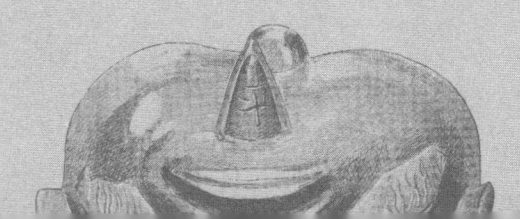

1

我做兼职的契机，源于片冈的一点色心。片冈和我同校同级。毕业后，我俩都进入现在的公司，只不过分属不同的部门。我在材料部，而他则被分去了财务部。

我们公司是一家家电产品生产工厂，可惜只是某个知名品牌的代工厂，名字也不够响亮，所以几乎没什么人知道。恐怕只能在秋叶原等地的折扣店里，才能看到我们公司自己的产品。

我所在的材料部，主要负责接受制造部及技术部的委托，向供应商下订单采购材料、设备等。因为工作涉及钱财往来，我们部门的办公室被安排在了财务部的隔壁，我和片冈也是因此而变得熟悉起来的。

三月十日这天，片冈突然跑到我的办公桌前说："想请你帮个忙呢。"这家伙低声下气的时候，是最需要小心在意的时候。

我正忙着填一份机油订单，只是抬头瞟了他一眼，就继续手头的工作了。

"借钱的话免谈。车贷还完之前，我连自己都顾不过来呢。"

片冈不知从哪儿拖来一把椅子，坐在了我的办公桌前。

"放心吧。我还没有傻到找你借钱的地步。"说完，他四下打量一圈，把脸凑到我的跟前说，"我想借房间。"

"借房间？借谁的？"

"当然是借你的啊。"片冈指了指我的胸口。

"借我的房间？借来干吗？"

听我这么一问，这家伙又扫视了一遍周围道："为了过白色情人节。"

"白色情人节？"

"连白色情人节都不知道？就是情人节过后回礼的日子……"

"这我当然知道。那天你有什么安排？"

"我准备安排一场约会。"

"嗯，那不是挺好的吗？"

我摆出一张毫无兴趣的脸。片冈自称花花公子，总是吹嘘自己在学生时代是"女生百人斩"。这当然是吹嘘，不过他看上去确实挺帅气。

"等一下，你该不会想带女生去我家住吧？"我停下手头的工作，瞪着片冈。

"嗯，我就是这么想的。"他挤出一个笑脸来。

"开什么玩笑。凭什么要我提供房间来供你发泄性欲？"

"别这么说嘛。就当是帮我的忙。"

"你去酒店不就好了？去餐厅吃顿饭，给女生送个礼物，然后到酒店过夜。圣诞节啊，白色情人节啊什么的不都是这个流程？虽然我自己没经历过。"

听完这话，片冈两臂交叉，把身子探了过来。

"那都是泡沫经济时代的事了，现在可没有男人这么干。这年头，公司不让加班，要么没有奖金，要么发实体礼物。我怎么可能负担得起什么蒂芙尼饰品、意大利餐厅、大仓酒店的套房之类的？"

"这些套路，你倒是挺清楚的嘛。"

被我揶揄后，他干咳了两声，继续说道："总之……时代变啦。另外，有些女孩子，最好不要带去酒店那种地方。"

"有些女孩子？"

"嗯。晚熟，或者说是纯洁，总之就是没怎么和异性交往过的女孩子。"

"对了，你现在交往的对象是我们部门的广江吧？"

听到我的问话，片冈嘴角翘起微微一笑："算是吧。我觉得她应该还是完璧之身。"

"唔。"我忍不住低吟了一声。

广江全名叶山广江，和我同属材料部，在年轻女职员中属于屈指可数的美人。我也曾为她动过心，但她周身环绕的大家闺秀气质如同屏障一般，让人望而却步。

"为什么不能带纯洁的女孩子去酒店?"

"那种女孩子,甚至听到'酒店'这两个字就浑身都僵了。可能是因为'酒店'这个词暗示着'性爱'吧。"

我心想,这哪里是暗示,根本就是摆在了明处嘛。

片冈继续说道:"对她们,还是要讲究情调,水到渠成比较好。"

"这样呀。"我随声附和了一句。

"所以说。"片冈用手搭上我的肩膀,"这次的白色情人节是肯定不能去酒店的。但我需要一个能让她放松下来的房间,这才来找你帮忙啊。"

"那怎么不去你家?"

"你忘啦,我和父母住一起,怎么能把女孩子带回家啊?"

"那倒也是。"

"拜托啦。当然,我肯定不会白住。三千日元,不,五千日元怎么样?"

"五千日元啊……"虽说想到别的情侣在自己床上打滚,心里有点不自在,但毕竟是朋友的请求,而且对囊中羞涩的我来讲,五千日元已经是一笔巨款了。

"拿你没办法,那行吧。"

听到我松了口,片冈顿时喜笑颜开,握住我的手连连道谢:"你对朋友可真够意思。这次算我欠你人情啦!"

"少来这套,"我赶忙说,"你别把床单给我弄脏了。"

"放心吧,我肯定会注意的。"片冈一脸坏笑,满口应承了下来。

白色情人节那天,我在公司把房间的备用钥匙交给了片冈。"房间都给你打扫干净了哈。"

"太好了,我之前还有点担心这事呢。"片冈接过钥匙,从钱包里掏出五千日元,"房门上的名牌处理了没?"

"已经摘下来啦。晚上应该不会有邮件送上门,不过你还是注意点吧。还有,你们最迟明早七点必须离开,我要回去做上班前的准备工作。"

"明白,明白。对了……"片冈压低声音说,"那个放在哪儿了?"

"什么东西?"

"就是那个啊,我不是让你提前准备的吗?"这家伙边说边用食指和大拇指比了个圆圈。

"啊,那个东西啊,"我点了点头说,"放电视机旁边的音响柜里了。那是还没拆封的,到时你用了几个我都清楚,每个算你五百日元。"

"没问题。"片冈满口答应,随后装出刚谈完工作的样子,朝自己的座位走去。这时恰巧叶山广江与他擦肩而过,来到了我的面前。

"川岛先生，有制造部给您的信。"说完，她把一个信封放在了我的办公桌上。除了本职工作，叶山也会帮我做些杂事。得益于此，我的工作轻松了许多。其他部门的女员工都拿男女平等当挡箭牌，摆出一副拒人于千里之外的面孔。在这方面，叶山和她们形成了鲜明对比。

"多谢啦。"

"不客气。"她微笑着回应，微微露出右侧的虎牙，显得妩媚又娇俏。想到这么可爱的女孩子将被片冈予取予求，我不由得黯然神伤，然而想象那时的情景，心里痒痒的也是实情。

当天晚上，我把车停在一家家庭餐厅的停车场，决定在车里凑合一宿。我开的是辆两厢车，后座一直都是放平的。车里常备毛毯，勉强能够御寒。买这车原本是为了独自出门旅行用，没想到自驾游没能成行，却把它用在了这种地方，真是让人无地自容。

第二天早上七点，我开车回了家。和室外不同，屋子里的空气暖烘烘的，似乎还有点潮润。看来出门前，两人又斗了一个回合。

查看一下音响柜，里面的安全套少了两个，盒子里塞了一张折得小小的千元纸币。垃圾桶里满当当的都是揉成团的纸巾。我的脑海里浮现出叶山广江的面容，莫名地感觉有些透不过气。

2

那晚过后,片冈又找我借了几次房间。

"你偶尔去趟酒店不行吗?"

听我这么说,片冈夸张地皱起眉头。

"你根本不懂。女人是最不知足的,只要带她们去过一次酒店,别的地方就再也入不了她们的法眼了。可以啦,用你的房间就足够啦。而且广江也挺满意的。"

"你跟她说房间是谁的了?"

"我跟她说,那儿是我的度假屋。所以有时候我突然加班,没法按时赴约,会把钥匙给她,让她先到房间等我。不过你不用担心,我已经嘱咐过了,让她别乱动屋里的东西。"

"这还差不多。"说着,我把钥匙递给他,接过五千日元纸币。

过了几天,采购部的本田也来找我借房间,说是从片冈那儿得到的消息。两天以后,总务部的中山也来了,信息源头果然还是片冈。

在厕所碰到片冈的时候,面对我的质问,他满不在乎地说:"有钱收不就好了?说不定你也能像杰克·莱蒙那样交上好运呢。"

"关杰克·莱蒙什么事?"

"杰克·莱蒙主演过一部电影叫《桃色公寓》。在电影里,他把自己的公寓借给好几个上司偷情用。为了借钥匙,上司们甚至要排队预约,周三是部长,周四轮到科长这样子。就靠这个,莱蒙在工作上虽然没什么成绩,却不断得到提拔。"

"可你们几个都是刚进公司的普通员工啊。"

"现在是普通员工,保不齐将来有人能出人头地呢。"

"要真是那样就好了。"我对着小便池抖了抖下身说道。

从开始出租房间,已经过了差不多三个月。这天我照例在家庭餐厅的停车场迎来了早晨。昨晚的租客是片冈,之前的两晚分别是本田和中山。托"生意兴隆"的福,我已经连续三晚没能在自己的床上睡觉了。

揉着惺忪的睡眼,我开车回到公寓,打开了自己的房门。房间里依旧充斥着暖烘烘的气息,我不由得感慨,大早上的他们还真是不辞辛苦,但随即发现这次的暖风是空调吹送出来的。

"片冈这家伙,必须得收他电费了。"说话的时候,床上忽然有什么东西动了一下。我吓了一跳,朝那边仔细看去,更是吃了一惊——有个陌生的女人正睡在那里。

一瞬间我还以为自己进错了房间,赶忙四下打量了一番。

最近没怎么回过家，房间都变得有些陌生了，但这里肯定是我家，否则钥匙不可能打得开房门。

看来是片冈把女人扔在房间，自己先出门了。这家伙，除了叶山广江，竟然还有别的交往对象？

我走到床边，晃了晃睡得正香的女人的肩膀。"喂，起床了。你已经超时了。"

那女人完全没反应。该不会死了吧？一个可怕的想法从我的脑海中闪过。不过还好，她的体温正常。我又推了几下，她终于微微睁开了眼睛。

女人啪嗒啪嗒地眨眨眼，噌地坐了起来。

"你是谁？"她把毛毯拉到胸口，用看害虫似的眼光盯着我。那股气质，隐约和年轻时的雪莉·麦克雷恩[1]有些相似。

"我是这个房间的主人。"

"这个房间的吗？"她环顾室内说道。

"我可没说谎。证据就是，我带着房间钥匙呢。"我把钥匙在她面前哗啦哗啦地晃了几下。"为了赚点零花钱，我把房间借给了朋友们用，约定时间是从晚上十点到早上七点。现在是……"我看了看手表，不由得瞪大了眼睛，"糟糕，再不抓紧时间就要迟到了。总之已经过了约定时间了，你赶紧离开吧。

---

[1] 电影《桃色公寓》女主角的扮演者。——编者

超时费我会找片冈要的。"

"片冈？谁是片冈？"女人皱着眉头问。

"就是昨晚把你带过来的男人啊。你昨晚是和他在一起的吧？"

"我不认识什么片冈。"

"不认识，这怎么可能？"

"不认识就是不认识啊。"女人嘟着嘴说道。

"那你昨晚和谁在一起了？是谁带你到这个房间里来的。"

"和谁呢……"女人想了一会儿，一脸迷茫地看着我说，"我不知道啊。"

我感觉头都痛了。"这怎么会不知道？还是说你是一个人来的？"

"这个嘛，好像不是……"她用手托着下巴，歪着头说，"是有人把我带到这儿来的。"

"这我当然知道，我在问那个人是谁。"

"昨晚我喝醉了，记不清楚了。只记得自己在什么地方喝酒，然后有人来搭讪。嗯……到底是个什么样的男人啊？！"

女人把手指插进短发里，噌噌地挠了几下，像是突然想起什么似的看向了我。"感觉好像是你啊。"

我吓得差点仰倒过去。"你别瞎说，我可是一整晚都在车里呢！"

"可这是你家，对吧？"

"没错。"

"这就对了，不还是你带我来的吗？"

"所以说，我把房间借给了……"

怎么都解释不清楚，这下轮到我挠头了。"算了，不管那个人是谁，都和我没关系。总之你赶紧走吧。"

听到这话，女人叽里咕噜地转动着大眼睛，一只手在毛毯下面摸索起来，突然"啊"了一声。

"怎么了？"我问道。

她幽幽地看着我。"糟了……"

"到底怎么了？"我正想凑过去，女人却尖叫道："你别过来！"

"你叫什么，出什么事了？"

女人沉默片刻，抬起头来小心翼翼地说："我可不能就这么走了。"

"为什么啊？"

"昨天晚上，做的时候好像没戴那个。"

"哪个？"说完我就反应过来，打开音响柜查看安全套的数量，果然没有变少。

"你没把床单弄脏吧？"

女人轻轻把毛巾掀起来看了看，说道："好像没有。"

"啊，那还好。"我松了一口气，"不过，你怎么又赖着不走了？"

"因为……"女人扭扭捏捏地说道，"因为昨天是彻彻底底的危险日啊。"

"危险日？啊……原来是这样。"我尴尬地用食指搔了搔眼角下面，"那你够可怜的。不过这算什么理由啊，这事跟我又没关系。"

"要是就这么走了，岂不是连对方是谁都不知道？要是怀孕了，我该找谁负责去？"

"谁管你啊。你和谁做过，我怎么可能知道！"

"但肯定是你的朋友吧？"

"有可能，我估计是片冈那家伙干的，不过也说不准。"

"那就去查一下嘛。找出那个人之前我是不会走的。"女人坐在床上，用毛毯裹住自己。

听到这话，气得我肚子仿佛针扎似的疼。

"凭什么要我去查？"

"因为除了你，我谁也不认识啊。你不同意我就大声喊，就说是被你拉来的。"

"开什么玩笑，你要是这么干，我会被赶出去的。"

"那你就乖乖听话嘛。"

我双手叉腰，低头看着她，叹了一口气。

"说到底还是你不好，随随便便就跟不认识的男人走。"

"我也没办法啊，当时喝醉了嘛。我这个人，喝醉以后大脑就会变得一片空白。"说完，女人没心没肺地笑了起来。

没喝醉的时候也差不多吧！我话到嘴边，又咽了回去。

"各退一步怎么样？我想办法帮你找昨晚的男人，找到之后立刻联系你，你就回自己家里等吧。"

"不行！你就是想编一套谎话把我糊弄走。我是不会离开的。"说完，她整个人都缩进了毛毯里。

我从嗓子眼里挤出一丝呻吟，虽然还想继续劝说，但是再磨蹭下去，上班就要迟到了。没办法，只能收拾一下准备出门。因为这几天都没能换衣服，袜子已经臭不可闻。我从衣柜里找出一双新的来穿上，把旧的丢进了垃圾桶里。就我在系领带的时候，女人从毛毯里探出头来。

"你要去公司吗？"

"是啊。"

"哪家公司？"

我把公司名字告诉了她。

"没听说过。"女人嘀咕了一句。

"真是不好意思。"

"这条领带完全不适合你哟。"

"别烦我了！"我厉声喝道，"今天就让你待在这儿，不过等找到那个男人以后,你必须给我出去。还有,待在这儿老老实实的,别让邻居发现,知道了吗?"

"冰箱里的东西,我可以吃吗?"

"随便吃。对了,你叫什么?"

"理惠。"

"姓什么?"

"宫泽。"

"宫泽理惠[1]……你胡扯什么呢!"

"我真的叫这个名字啊。"

"真的吗?"

"真的,真的。"女人像上了发条似的上下点头。

"真是的,我怎么会碰上这种事?"我出门穿鞋的时候,嘴里还在忍不住地抱怨。

"路上小心哟。"女人从毛毯的缝隙里伸出手挥了挥,向我告别。

我走出房间,狠狠地带上了门。

---

[1] 此处指日本知名女演员、歌手宫泽理惠。——编者

3

来到公司，我找个时机把片冈叫到了茶水间。

"对了，我正想把这个还给你呢。"片冈从口袋里掏出我昨天借给他的钥匙。

我一把夺过钥匙，死死地盯着他，用强硬的语气说："你随便带谁去都可以，但是不能给我添麻烦！从今以后，别想我再借房间给你了！"

片冈眨巴眨巴眼睛，显得有些不明所以。"发生什么事了？你干吗发这么大的火？"

"那女人是你带去的吧？！"

"女人？等会儿，等会儿。我昨天可没带人过去。"

"借钥匙的明明就是你！"

"昨天事情起了变化。因为广江没时间，我们没能约会成。我还失望呢，好不容易借到的房间没能用上。"

"你昨天没去我家？"我紧盯着他的脸，但看不出他说的是真话还是谎话。

片冈一副担心的样子，问道："到底出什么事了？"

我把自称宫泽理惠的女人的事情说了一遍。片冈眼睛瞪得溜圆，急得直摇头："不是我干的。约会泡汤以后，我就直接回家了。不信你可以问问我家里人。"

"但房间钥匙只有你才有,她是怎么进去的?"

"话是这么说,可人不是我带进去的,那女的我也不认识。"

"你有没有把钥匙借给别人?"

"没有,我谁都没借。"

"那就奇怪了,按说除了你,没有其他人能进去的。"

"不是的,真不是我,我是无辜的。"片冈脸上变颜变色,拼命否认。突然他仿佛灵光一闪,打了个响指说道:"明白了。有备用钥匙。有人配了你家的备用钥匙。"

"备用钥匙?那人为什么要这么做?"

"为了你出差或是不在家的时候,能够随便使用房间啊,这样不就能省下五千日元了?"

我琢磨着片冈说的话,借我房间的那些家伙,确实很有可能干这种事情。

"就算真是这样,还有一个问题。"我说,"那人怎么会知道昨晚房间里没人呢?"

"说的也是。"片冈环抱着胳膊,自言自语道,"到底为什么呢?"

"你昨天有没有跟谁提起过取消约会的事?"

"被放鸽子这种事情,怎么可能到处宣扬?"

"那这到底是怎么回事呢?"

"我觉得本田嫌疑很大。"片冈点着头说,"嗯,没错。那家伙干得出来这事。我亲眼看到过他在迪斯科舞厅和风骚的女人搭讪,偷偷带个女人去你那儿也不奇怪。"

我懒得再想,下定了决心说道:"把曾经借过我房间的人都叫到一块。大家当面对质,事情应该很快就能水落石出了。"

"我也是这么想的。"片冈重重地点了点头。

回到座位上,我朝家里打电话,可接连几次对方都在通话中。我不禁咋舌,肯定是那女人在随便使用我的电话。

我正烦躁地用手指敲着桌子,恰巧叶山广江从眼前经过。我赶忙叫住她问道:"不好意思,问你个私人问题。昨天,你是不是要和财务部的片冈约会来着?"

广江显得略微有些惊讶,随即害羞地低下了头。

"片冈先生连这种事都会告诉朋友吗?"说着,她的眼眶开始泛红。

"不是的,不是的,"我拼命掩饰,"不是那家伙到处宣扬,是被我逼问出来的。那个……"我干咳了一声,"后来你突然取消了约会,对吗?"

"啊?是的……"广江微微点了下头,"因为我突然有急事,就取消了。您为什么要问这个?"

"没什么大事,只不过我正在调查一些东西,"我舔了舔嘴唇,"你有没有跟别人说起过取消约会的事?"

"没有，没和任何人说过。"

"真的吗？你好好回忆一下。"

看我这么急切，她的眼里流露出怀疑的神色。

"您在调查什么呢？片冈先生跟您说了什么吗？"

"没什么。你没跟别人说过就好。"我摆摆手，用一个假笑把事情蒙混了过去。

午休的时候，我把片冈、本田和中山叫到食堂的一个角落，把那女人的事情说了一遍。

听完后，本田率先开口说："那女人我不认识。昨天借房间的是片冈，难道不是片冈的女人吗？"

"都说了不是我，"片冈赶忙否认，"是有人配了备用钥匙进的房间。说不定是存心想陷害我呢。"

"陷害你有什么好处？"中山很在意他标准的三七开发型，一边用手整理着一边揶揄道。

"那种事情我哪儿知道！你问去那家伙本人吧！"

"总之绝对不是我，"本田夸张地扭动着身子，"我确实经常勾三搭四，尤其趁着酒劲，连对方长什么样子都不看就搭讪的事情也做过。但我不会不戴安全套就和对方发生关系，绝对不会。我一直都牢记着厚生劳动省[1]的教导呢。"说到激动处，他把桌子

---

[1] 日本负责医疗卫生和社会保障的主要部门。——编者

敲得砰砰作响。

我陷入了沉思。的确，如果是这三个人，应该不会做不戴安全套这种危险的事情。

"我说川岛，"中山用疑惑的眼光看着我，"你真的不认识那个女人？"

"你说这话是什么意思？"

"会不会是那女人和你发生过什么，一直对你念念不忘，所以自己闯进房间里，却骗你说是被男人带进去的。"

"原来如此，"本田随声附和道，"就是俗话说的，送到嘴里的肥肉？"

"绝对不可能。"我拼命摇头否认。

"真是那样的话，我根本用不着问你们了。那女人我完全不认识。最重要的是，"我吞了口唾沫说道，"我可从来没那么受欢迎过。"

三个人盯着我的脸看了半晌，脸上呈现出了"说的也对"的表情。

忽然我脑子里灵光一闪，赶紧对他们说："我想到了一个好办法。把你们的员工证都给我。"

"员工证？你要那个做什么？"片冈疑惑地问。

"员工证上有照片，我拿去给那女人辨认一下，说不定她能想起些什么。"

中山率先同意道:"可以,正好可以证明我的清白。"说完,他从月票夹里把员工证掏了出来。

"好,我的也给你。"

"随便查,查到你满意为止。"

剩下两人也赶忙表态,把自己的员工证递了过来。

4

当天不用加班,我直接回到了公寓,一进门就看见那女人坐在床上,正吃着薯片看电视。

"你回来啦。"女人脸朝着电视机,看都不看我一眼。

"找到那个人了吗?"她轻飘飘地说,哪里知道我找得有多辛苦。

我关掉电视,把三张员工证并排摆在床上。

"你好好看看,应该就在这三个人里面。"

"嗯……"

她瞥了一眼,"啊"了一声,拿起了本田的员工证。

"是他吗?"我问道。

"不是，"她摇了摇头，"我只是觉得，如果按我的喜好，应该会选他。但是这个人我没见过。"

"谁问你喜欢什么样的男人了！我是在问你昨晚和谁一起过的夜！另外两个呢？"

"嗯……不知道哇。"

"你再好好看看。"

"都说过不记得了嘛。"她拿起手边的遥控器，又打开了电视机。电视机里一档傻乎乎的综艺节目刚刚开播，她看得哈哈大笑。

看到她这副模样，我又开始头疼了。

"我说，算我求你，你赶紧走吧！就算是危险日，也不一定真的会怀孕吧？真的怀孕了再找好不好？到时候我肯定帮忙。"

"那不行。过那么久，不是更找不到了？"女人说着，又把手伸进了薯片袋子里。

"那你也不能一直住在我这儿吧。你家人或许正在担心呢。"

"啊，这个你不用担心。我刚刚打电话和家里说过，今晚也在朋友家睡。"

"今晚我也要在家睡。孤男寡女同处一室，你不害怕吗？"

听到这话，她转头看着我，意味深长地嘿嘿笑了起来。

"这是对我有想法吗？"

"那倒没有。"

"你要是打什么歪主意,我就把昨晚的事也记在你的头上。敢碰我,要做好思想准备哟!"说完,她的目光又回到电视上,没心没肺地笑了起来。

我连居家服也没换,就又穿上了鞋。

"你去哪儿?"女人问道。

"我饿了,出去买份便当。"

"那帮我也带一份,还有,再来一份炸鸡。"

我叹了口气,无奈地出门去了。

没办法,我只能继续把那女人留在了家里。她睡床上,我打地铺。这女人睡相很差,时不时地蹬开毛毯,露出雪白的大腿,搞得我心痒难耐,只能频繁地把头埋进毛毯里压制邪念,一晚上几乎没怎么睡着。

终于熬到早晨,我也没心情吃早餐,只喝了一杯浓浓的咖啡,便准备去上班了。再不赶紧出门,我怕是要精神失常了。那女人倒好,保持着昨晚那大胆的姿势,还在呼呼大睡。

换好鞋子以后,我忽然想起今天是周四,正是丢垃圾的日子[1],只好脱了鞋子再次返回房间。

我找出一个黑色塑料袋,把昨晚吃剩下的空便当盒装进去,又把垃圾桶里的东西往里倒,倒出来的只有一点纸屑和我昨天扔

---

[1] 日本的垃圾分类系统精细且严格。每周七天中,每天分别收取不同种类的垃圾。——编者

掉的袜子。

突然间,我的脑子里咯噔一下,感觉有什么地方不大对劲。但到底哪里不对劲,一时之间也想不明白。我甩了甩头,可能是睡眠不足吧。

提上垃圾袋走出房间,我看看手表,比平常早了接近两个小时。来到垃圾站把塑料袋放下,朝车站走的时候,我的心里依旧无法释然——明明关键线索就在眼前,自己却抓不住。

带着这种情绪,我来到了车站。进站时,我从上衣口袋里掏月票夹,却把一样白色的东西带了出来,掉在地上——原来是揉成一团的纸巾。我弯腰将它捡起,扔进了附近的垃圾箱里。

就在这时,我忽然明白过来到底是哪里不对劲了,不禁"啊"地倒吸了一口凉气。

原来是这么回事!

我转身走上了来时的路。

5

现在是上午十一点。

我把车停在路边，监视着我家所在的公寓楼。准确来讲，是监视着进出公寓楼的人。公司那边，我已经请了一天的假。

这次一定要抓住你的狐狸尾巴——我死死地盯着公寓的出入口。

线索来自今早扔掉的垃圾。

那个自称宫泽理惠的女人说，前天夜里喝醉酒被男人搭讪，被带到了我家，还和对方发生了性关系。

但是，如果她说的是实情，垃圾桶里应该塞满了用过的纸巾。那女人昨天并没有清理过垃圾桶——我昨天早晨扔掉的袜子还在。

也就是说，这女人在撒谎。根本就没有什么男人带她过来，她是自己找上门来的。

那么，她撒谎的目的是什么呢？想来应该是为了占用我家。事实上，因为她的这个借口，我的确是不得不把她留在了家里。再往深处想，她为什么要来我家呢？还有，为什么必须待在我的家呢？

很显然，她的目标不是我。刚见面的时候，她连我是谁都不知道。而且我也没有那么自恋，觉得有女人会主动倒贴我。

这样说来，待在我家这个举动本身就另有隐情。

除了收邮包，我想不出别的解释。虽然猜不出来龙去脉，但可能有很重要的邮包会送过来。而她，就是在等那个邮包。

这座公寓楼的信箱并没有装在各个房间的门上，而是统一设在了一楼的入口处，平信一般都投在那里。我猜测，那女人等的应该是快件或挂号信，所以必须在房间里等着。

十一点又过了快二十分钟，期盼已久的邮递员终于现身了，是个戴眼镜、矮个子的男人。我聚精会神地盯着他，期待能有所发现，可惜他负责的似乎是投递普通邮件，只是往入口处的信箱里分发了一些邮件——其中甚至还不包括我的信箱。

我大失所望，垂头丧气地趴在了方向盘上。就在这时，一辆小面包车停在了我的面前。一名年轻男子从车上下来，打开了后备厢门。车子的货厢里堆满了大大小小的纸箱。

这次是送货上门！我重新振作精神，直起了身子。

只见那名男子把两个足有汽油桶那么大的纸箱摞在一起，两手抱了起来。纸箱似乎分量很重，他摇摇晃晃地走进了楼内。

我从车窗探出身子，目光锁定在了二楼。从车里勉强能够看到各个房门的上半部分，我的房门是左起第二扇。门打开了，片刻之后又关上了。又过了一会儿，送货员从楼里走了出来。

这下全都明白了。那女人等的不是挂号信、邮包什么的，而是大件货物。就在我思考下一步该怎么做时，房门又打开了。我赶忙缩回车里，弯下身子藏了起来。

这次出来的是那个女人，她化了很浓的妆，肩上挎了一只小包，没有带刚才收到的那两箱东西。

确认女人转过街角,身影消失后,我赶紧下了车。

我进入公寓楼,来到二楼,站在自家门前,伸手想拉开房门,却发现门被上了锁。这就怪了,房间钥匙有两把,现在全都在我手里,那女人是怎么锁的门呢?

我一边思索着,一边打开了房门,门口处并排摆放着刚才那个送货员辛辛苦苦搬来的两个纸箱。

我蹲下身,查看箱子上贴的运单,收件人地址是我家,收件人姓名却是莫名其妙的"宫泽商会"。而寄件人——

居然是我的公司!

6

下午一点多,我在公司出现时,同事们都一副很奇怪的表情。

"你怎么来了,不是感冒请假了吗?"组长问我。

"是的。但是现在烧似乎已经退了,而且昨天我还有一些工作没完成,所以就过来了。"

"这样啊。来倒是也可以,别把感冒传染给别人啊。"组长说完，像赶苍蝇似的冲我挥了挥手。

我回到座位上，开始用电脑调查起来。无意间我抬起头，却发现叶山广江正远远地看着我。我没搭理她，继续自己的工作。

调查完，又打了两通电话之后，我从座位上站起身来，去找叶山广江。她正站在复印机前。似乎是感觉到我在注视着她，她也朝这边看过来。两股视线碰撞，几乎能听到"叮"的一声响。

我向她使了个眼色，走出了房间。在走廊里等了片刻之后，她也出来了。

"到楼顶天台去吧。"我提议。

她默默地点了点头。

今天天气不错，楼顶上也没有什么风。我从楼梯间出来，立刻转身看向了广江。

"现在货在我手里哟。"我尽量云淡风轻地说道。

她盯着我的眼睛看了一会儿，浅浅地笑了。

"果然在你那儿。我猜得没错。"

"那女人联系你了？"

"刚过中午的时候她给我打了个电话，说是出门取车想把东西运走，回来却发现东西不见了。我当时就猜出是川岛先生做的手脚，因为您今天没上班。"

"我一直在公寓楼前监视着呢。"

广江故作诙谐地耸了耸肩，说道："直美还说你完全上当了，根本没有嘛。"

"那女人名叫直美？"

"是的。"

"确实是完全上当了，直到今天早上。"我朝远处看了看，又把目光收回到她脸上，"你想用那个做什么？"

广江没有立刻回答，而是避开我的目光，嘴角泛起一抹意味深长的微笑。

两个纸箱各装了一桶二十升装的有机溶剂甲苯。

我一打开纸箱，立刻就明白了其中的机关。

犯人想把两桶甲苯带出公司，但考虑到重量和体积，自己搬运并不现实，所以想出利用邮寄，从公司运送到某个虚假事务所的办法。

而被选中的虚假事务所，就是我家。

犯人可能并不知道房间是我的，因为觉得平常没人居住，可以随意使用才选中了那里。为什么会这么觉得？因为有人误导了他。

这时我想到，片冈说过，他曾向叶山广江吹嘘，那房间是他的度假屋。于是我假设广江就是犯人进行推理，所有的事情顿时豁然开朗。

第一，片冈曾经把钥匙给过她，她想配备用钥匙并不困难；第二，因为就是她提出来要约会的，所以她自然知道取消约会的事情。

最重要的第三点，配送的物品。虽然是快递从公司发出的，但应该不是临时起意偷窃了公司的库存物资。最合理的推测是，犯人一开始就是以偷运出去为目的，向供货商下了订单，而有资格下订单的只有材料部。

刚才，我用电脑调查了最近一个月以来有机溶剂的订购情况，发现受技术部委托，材料部订购了两桶二十升装的甲苯。订单已经于三天前到货，且技术部已经签收。负责这个订单的正是叶山广江。

我又给技术部打电话确认，得到的答复却是技术部从未要求采购过甲苯。

看着广江美丽的侧脸，我问道："是打算把它们卖掉吗？"

广江缓缓转身，看着我说："嗯。"

"卖给黑社会？"

她摇了摇头道："卖给那种人，肯定会被杀价，而且我也不想和他们扯上关系。我们打算自己卖。先把它们分装到饮料瓶里，让直美和她的朋友们帮忙卖掉。她有这方面的渠道。"

"那么多，能卖多少钱？"

她歪着头盘算了一下，说道："按一百毫升三千日元来算的话，大概一百二十万吧。"

我点了点头："几十倍的暴利啊。"

"可还是有人买啊。"

"好像是的。"我曾在报纸上看到过，对吸毒少年来说，百分百纯度的甲苯是顶级的东西。

"我说，川岛先生，"广江甜甜地说，"能不能把那个还给我啊？只要还给我，你想对我做什么都可以哟。"

我身上一阵恶寒，全身汗毛直竖。

"这不可能。我会退还给供应商，就说是下错订单了。"

"哼，果然不行啊。"她似乎并没有很失望，"对了，你会不会向公司举报我？"

"我不想打小报告，"我说，"不过你得保证今后再也不干这种事了。"

广江好像忽然想到了什么，哈哈大笑起来。

"有什么好笑的？"

"我想起直美跟我说的事情了。川岛先生真是个好人啊。"

我一时无言以对，只好板起了脸。

笑了一会儿，广江说："我下个月要辞职了。"

"辞职？为什么？"

"工作没意思啊。而且也没有好男人。"

"不是有片冈吗？"

听我这么说，她扑哧一声笑了出来。

"那种男人又土又小气，讨厌死了。偶尔去酒店订个套房又不会怎么样。"

"……"

"那就这样了啊。"广江轻轻抬手示意，走进了楼梯间。

她走后又过了一会儿，我才往回走去。来到办公桌前，片冈已经在那里等了。

"那女人的事情怎么样了？"

"那个啊，已经解决了。"

"解决了？怎么解决的？"

"这事情你还是忘了吧。"

"这是能说忘就忘的吗？我说，你怎么啦？脸色可够差的。哈哈，那女人果然是冲你来的，所以你才会这么发愁，对吧？这种事情，你找我商量啊。女人的事情，我都懂。"片冈昂首挺胸地说道。

"你都懂？"

"啊，那当然。"他回答得斩钉截铁。

"没错，"我点了点头说，"你挑女人确实挺有眼光的。"

随后，深深地叹了一口气。

不变的判罚

莫非他想起来了？我有些怀疑，但随即否定了这个猜测。这家伙不可能记得我的，对他来讲，那不过是自己职业生涯中成千上万次判罚中的一次而已。

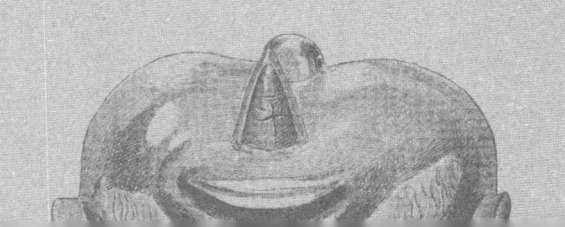

1

我拼了命地跑着，偏偏脚上是穿不惯的皮鞋，小脚趾在里面挤得生疼。尽管如此，我依旧不敢有片刻停歇。这一带道路狭窄，错综复杂，让我无法加快速度。不过还好，追我的家伙应该也面临着同样的困境。

不知什么时候，阿升的身影从我背后消失了——或许已经被巡警抓住了吧。他说过自己平常很少锻炼，现在跑不赢警察也很正常。不过眼下的我无暇顾及他人，只能拼命地加快步伐，希望可以逃出生天。忽然，高中时代的情景从脑海闪过，那是我在运动场上尽情奔跑的身影。一时间，教练的哨声、前辈的呼喊声和我自己的声音仿佛又都回到了耳边。

那是很久前的事情了。

看到身后没有追兵，我停了下来。好久没有这样跑过了，我的肺部很痛，头脑像要炸开似的。路边有个塑料桶，我一屁股坐上去，缓缓地调匀呼吸。不能休息太久，警察很快就会找到这里。一路上有好几个人看到了我仓皇逃命的样子，难保没有人会走漏风声。

我摇摇晃晃地起身,顺便看了看电线杆上贴的地址牌。刚才只顾着逃命,根本不知道自己现在身在何地。

牌子上写着:××町三丁目。看到这几个字,我的第一个念头是"太巧了",但瞬间就明白过来,这并不是巧合。其实,从得知这次计划的时候开始,我就一直耿耿于怀:预定的作案地点不就在"那家伙"的家附近吗?!

我甚至忘了自己还在逃命,顺着各家的门牌号一路寻了过去。因为曾在地图上确认过许多次,"那家伙"的住址早就深深地刻在了我的脑海里。

没过多久,一栋小巧的日式住宅就出现在我眼前。房子四面围着一圈篱笆墙,院门上挂着名牌,名牌上用毛笔写着"南波胜久"四个大字。

终于亲眼见到了!"那家伙"的家。

就在这时,远处传来警笛的声音。借着笛声的掩护,我赶忙打开院门,躲了进去。篱笆墙后的庭院里也种着各式绿植,穿过庭院,来到玄关,我没有开门,而是转向了右侧。面向右侧院子有一扇玻璃门,门内是一间兼做餐厅和厨房的房间。我在院内张望,房间里似乎一个人都没有。

我朝着玻璃门迈出两三步,想要仔细地观察一下,忽然听到外面有人在喊"南波先生、南波先生"。我慌忙躲进房子的阴影里，偷偷探出头朝玄关处看去，只见几个警察正朝屋内张望，我又赶紧把脑袋缩了回去。

"好像不在家啊。"听说话声，警察似乎不止一人。不知商量了些什么以后，院子里传出了他们离开的脚步声。

这肯定是来搜寻我们的，顺便提醒附近的居民要小心提防。不知道现在外面是什么情形，可疑人物是否都会被拦住问话，估计像我这样的年轻男子，如果在大街上乱逛，警察肯定不会放过。

我越想越是懊恼，当初就不该答应阿升做这种事情，可现在说什么都晚了，只能就这样待着，连动也不敢动。正胡思乱想着，传来了院门被推开的声音。我从阴影里瞥过去，玄关处站着一个满头白发、身材瘦削的男人，他一只手拎着便利店的白色塑料袋，另一只手正转动钥匙开门。

虽然只能看到侧脸，但我绝不会认错，那人正是南波胜久！我的内心顿时一阵躁动。

等他进去后，我蹑手蹑脚地躲到一个液化气罐后面，观察屋内的情形。很快，玻璃门内出现了他的身影。这家伙似乎是想通风换气，他打开玻璃门，拉上了纱网门。

我抑制住冲进屋内的冲动，靠在液化气罐后面一动不动。南波无疑是一个人在家，但如果我贸然现身闹出乱子，只会惊动周围的邻居，到时就万事皆休了。

又过了一会儿，房子里传来马桶冲水的声音。很显然，那家伙正在厕所呢。我毫不迟疑地走出来,穿着鞋子直接迈步跨进了厨房。尽管厨房昏暗,但为防万一,我还是拉上了窗帘,随后便紧贴房间入口旁边的墙壁站着,从衣服内兜里掏出了刀子。

厕所的门打开了,随即又被关上。那家伙正通过走廊,脚步声越来越近。仔细听着外面的动静,我握刀的手已经满是汗水。

看到那颗长满白发的头的瞬间,我把刀子递到他的眼前,低声威胁道:"不许叫!"

南波像是录像机被按下了暂停键,浑身僵硬地一动不动,随即缓缓地转头看向了我这边。

"你是谁?"

"你管我是谁!"我暂时还不打算暴露自己的身份,"坐下,慢慢地!"

南波直挺挺地坐在了厨房里的一把椅子上。

"两手背到椅背后面,手腕并拢。"

他很听话地照做了。我抄起一旁的毛巾,把他的双手牢牢捆在了一起。

"抢劫一丁目的阿婆的,就是你吧?"可能是怕声音太大会被灭口,南波声音压得很低,显得有些嘶哑。

"这么快消息就传出去了吗?"

"是一个认识的警察告诉我的。你也太过分了,居然从老人那里抢钱。"

"别担心，我没打算拿你的东西。"我决定吓吓他，故意拿刀刃在他的脸颊上蹭来蹭去。"不过要是你敢乱喊乱动，我就要你的命。"透过刀刃我能够感觉到，他整个人都"咯噔"一下僵住了。

"你……你打算待到什么时候？"南波盯着我问道。

"这个嘛，我也说不准哇。现在满大街都是警察，等他们都撤了，我就离开这儿。"

"你以为自己能逃得掉？"

"逃得掉啊。"

我把脸凑到他的跟前说："我对自己的腿脚很有信心，从小就是哟。"

听到这话，南波的脸上闪过一丝诧异。

2

我在柏青哥[1]店工作，阿升在斜对面的一家麻将馆当店员。

---

[1] 一种带赌博性质的游戏机。——编者

三天前，他往我的公寓打电话，说是有桩买卖能挣大钱。

"就是得冒些风险。"阿升低声说。

"到底是什么买卖？"

"这个嘛，等见了面再告诉你。"隔着听筒都能听得出那家伙的笑意。

"还有别人吗？"

"目前只有我和阿隆。"

阿隆没有工作，搭上了一个老陪酒女，赖在她家里蹭吃蹭喝。

"嗯……你说的风险，是被抓住会吃牢饭的那种吗？"

"对。"阿升答道，"要是被抓，只怕是要在里面待一段时间了。不过像我们这种渣滓，想要往上爬，不赌一把怎么行？"

听到我这边没动静，阿升继续说道："你要是想一起干，今晚下班后就到我家来。"说完，他挂断了电话。

之后工作时我一直心不在焉，犹豫着到底该如何抉择。以往我们不过是设些小骗局，或者敲诈老实学生弄点零花钱，听阿升的口气，这次要干的事情似乎性质完全不同。

"渣滓"这个词在我耳边萦绕不去。事实如此，我是个彻头彻尾的渣滓。从高中时候开始堕落，自那以后就一直沉在了社会的最底层。

"我说，你小子，厕所打扫过没？把我的话当耳旁风是吧！"

我正在角落里抽烟，西岛那蠢货突然冲了过来，戳着我的脑袋破口大骂。这家伙不过是个被雇来的店长，尾巴却翘到了天上，动不动就耍威风。见我不回话，他一把揪住我的衣领训道："你那是什么眼神？！有什么话说出来听听啊！"

"没有。"我拼命压制即将爆发的怒火，从嗓子眼里挤出两个字。

"那就赶紧去打扫！"

西岛松开了手。这时，一名中年女客朝我们走了过来。

"不好意思，我投了币，机器却不出弹珠……"

"啊，这样啊。实在是不好意思，请问是哪台机器？"

西岛瞬间换了一副面孔，笑呵呵地跟在客人身后走开了。

我无可奈何地来到厕所，开始打扫。顶着刺鼻的氨水味，用夹子把客人扔在小便池里吸饱了小便的烟蒂挨个夹出来。

这根本不是二十岁的男人该干的事啊！

来到阿升住的地方，他兴冲冲地一把拉住我说发现了一个有钱的老太婆。老太婆一个人住，和邻居也很少打交道，最重要的是她没有把钱存进银行，而是放在了家里。

"很多老年人是这样子啦，钱不搁在手边就不安心，其实这样才容易被人惦记呢。"说完，阿隆嘿嘿嘿地笑了起来，露出发黄萎缩的牙龈。这家伙，肯定刚刚吸完香蕉水。

"我们趁老太婆不在的时候动手？"

阿升皱了皱眉说:"我才不干那么麻烦的事情。谁知道她把钱藏在哪儿了!咱们就趁她在家的时候,装成推销员骗她开门。只要能到屋里就一切都好办了。"

"不过要装成推销员,得把行头准备好,像西装、领带什么的。"

听到这话,阿隆摊摊手说:"那么古板的玩意,我可没有。"

"阿丰呢?"阿升转头看向我。

"我有一套,样式很老土就是了。"

我也想过找份正经工作,才把自己寒酸的积蓄都拿出来采购了这套西装。当然结局是肯定的,没有一家公司愿意录用我。

"老土才好呢。就这么定了,我和阿丰装成推销员进屋,阿隆负责望风。我有一铁哥们,愿意把车借给我们。到时阿隆把车停在老太婆家附近,随时告诉我们外面的情况。"

"怎么告诉你们?"

"我准备了一样好东西。"阿升从壁橱里掏出一个小盒子,打开盖子,里面放着两台酷似收音机的机器。

"这是对讲机?"我问道。

"没错。"阿升得意地一笑,"有个电器店的老头在麻将馆输得一塌糊涂,又说自己没有钱,就拿自己店里的东西来抵债。这东西就是这么来的。"

"能听清楚吗?"阿隆拿起一台,走到了房门口。

"那当然！"阿升拿起另一台对讲机，捣鼓了几下旋钮，装出播音腔说道，"今天天气，晴。"

"哈哈哈，听得见，听得见！"

我打断他们的戏谑，问阿升道："什么时候动手？"。

"趁大家没改变主意之前！"

回到家里，我打开地图，查找老太婆家的位置。那时我才发现，"那家伙"——南波胜久就住在附近。

老太婆的家是一栋破旧的木质结构平房。现在居然还有人住这种房子，有点出乎我的意料，但环顾四周，却发现类似的房子还有好几栋，看来即使再好的世道，也不是所有人都能变成有钱人啊。

老太婆看着我们，脸上带着一些戒备。但她似乎没有对我们推销员的身份产生怀疑，那种戒备更像是面对真正的推销员时的反应。

"我可没有闲钱，你们快回去吧。"尽管我们捏造了一款老年人最钟爱的高回报理财产品，老太婆也丝毫不为所动，赶苍蝇似的朝我们连连挥手。她只从门缝里露出小半张脸，根本没有放我们进屋的意思。而且这种破房子，居然还在门上安装了防盗链！停留太久的话肯定会被邻居们怀疑，想到这里，我不由得心惊胆战。

又纠缠了一会儿,阿升说道:"既然如此,我们就不打扰您了。我们准备了一点小礼品和宣传册,不知您能否笑纳?"

听到这句话,老太婆的表情稍微缓和了些,看来是"小礼品"三个字起了作用。我赶紧从皮包里取出一个包着某著名商场包装纸的空盒子。

"嗯……如果是免费的,我就收下。"说完,老太太把门关上,摘下防盗链,打开了房门。说时迟那时快,我一把攥住门把手,用尽全身力气向外一拉,老太婆"啊"的一声,被阿升捂住嘴巴,推进了屋内。我紧随其后,扫视四周查看了一下动静,关上了门。

就在关门的瞬间,我的心骤然一紧,对面的二楼窗户后面似乎有个人影在晃动。

"我们可能被对面的人发现了。"

"什么?!"阿升撇了撇嘴,把老太婆交给我后就去和阿隆联系了。我把她的手脚用胶带牢牢捆住,又堵上了她的嘴。

"听明白没有?要是发现什么可疑情况,立刻通知我们!"

和阿隆通完话,阿升掏出一把小刀在老太婆眼前晃了晃,取出了堵嘴的破布。"老太婆,钱藏在哪儿了?"

"什么钱,没有。"老太婆摇着头说道。

"你别装傻。我知道你有钱。你们家老头子死了以后,你把家产卖了换成现金,都在手里攥着呢。赶紧老实交代,我让你多活几天。"说着，阿升把刀刃贴在了老太婆满是皱纹的脸上。

"你想杀就杀吧。本来我也活不了多久了。"

"好，既然这样，那我就动手了。等解决你之后，钱我慢慢找就是了。"

阿升把刀尖抵住老太婆的喉咙。感觉到金属的寒意，老太婆立刻哭了起来。

"求求你别杀我，求求你！壁橱的被子……钱在被子里面。"

阿升冲我使了个眼色。我三步并作两步，来到壁橱前面，拉开了那扇破旧发黄的拉门。壁橱里有几床被子，又脏又破，潮乎乎的，还散发着老太婆的体臭。

我在壁橱里一通乱翻，忽然察觉到最底下的一床褥垫手感有些异样，便拽出来一把撕开，只见里面塞满了一捆捆的纸币。阿升不由得吹了一声口哨。

"求求你们，不要全拿走了。留一半……给我留一半。"

"闭嘴！"阿升又想堵上老太婆的嘴，就在这时，对讲机忽然响起，里面传出了阿隆的声音。

"有巡警，正朝你们那边走！"

我和阿升对视了一眼。

"不妙，赶紧躲起来！"阿升话音未落，老太婆突然大喊起来："警察先生，救命啊！"

一个老年人居然能发出那么大的喊声！阿升还想去堵她的

嘴，然而已经晚了，玄关处传来了敲门声。

"溜吧！"我打开旁边的窗户，跳了出去。阿升抱起装着钱的褥垫，紧跟着也跳了出来。我们沿着窄巷仓皇逃窜，不一会儿就听见身后人声响动。回头一看，两名身穿制服的警察正朝我们逼近。

我没命似的跑起来。

3

时钟显示，现在是晚上九点。我打开电视机，主持人正在播报国际新闻。

"你们的事要上新闻，恐怕还要过一会儿吧。"南波胜久小声嘟哝着。

"这种事我当然知道！"我恶狠狠地丢下一句，"你少废话！"

南波叹了口气，闭上了眼睛。

我掏出香烟，烟盒里只剩最后一根了。我点上火，深吸一口，在房间里四下打量。墙上挂着一张镶镜框的旧黑白照片，照片里是一群穿棒球队服的大男孩,看着照片就感觉他们都在朝着我看。从队服的样式和照片的褪色程度来看,它已经很有些年头了。

"这里面有你吗?"

听到我问话,南波睁开眼睛反问道:"你不是让我少说废话吗?"

"回答问题!"

我把匕首亮了亮。南波瞥了一眼照片,简短地答道:"有。"

我来到照片下面,仔细观察,很快就找到了南波。照片里的他身体明显比现在强健许多,当然面容也年轻很多,但是眉眼间依稀能看出现在的影子。年轻时的南波身穿五号球衣。

"三垒手啊?"我问道。

"啊。"

"这好像不是高中时拍的吧?"

"是大学时候拍的。"

"呸!"我恨恨地说,"真不得了啊。有人供你上大学,你还能一直打棒球。"

"我的确运气好,但为此付出的努力也不少。"

"你就是运气好!"我的声音里夹杂着仇恨和嫉妒,"那,后来打到了什么时候?"

"大学阶段就放弃了。"

"为什么?"

"手肘受伤,投不了球了。本来想当一名职业球员来着,最后也没能实现。"

"这样啊。活该!人可不会总交好运。"

"我当时也是这么想的。"南波用低低的声音说道。被持刀抢劫犯胁迫,他还能波澜不惊,一时间反而让我有些不知所措。

"棒……棒球什么的,不过是游戏罢了。说它是人生目标啊,生存意义啊什么的,都是扯淡。你也是,不打棒球也过得挺好的,对吧?!"

听我这么说,南波沉默了片刻,答道:"你说的对,那么说的确挺傻的。但我就是离不开棒球,所以后来……"

"别说了!"我挥舞着刀子,死盯着他的脸,"你后来怎么样谁在乎啊!不是让你少说废话了吗?!"

看着我张牙舞爪的样子,南波没有害怕,反而露出困惑的表情,随即像力气被掏空了一样,肩膀忽然塌了下去。

"说的没错。"他说,"确实是,都是废话。"

我"哼"了一声,把头转向电视,里面正在播放政客贪污相关的新闻。

"这些家伙,除了这个也不会干点别的了。"说完,我抓起桌子上的遥控器,不耐烦地调着频道。其他频道也尽是些无聊的节目,我又调回最初的新闻节目,那个女播音员还在絮叨着什么，屏幕下方正播放着一条滚动字幕——"××市发生一起入室抢劫案件，犯罪嫌疑人尚在潜逃"。我不由得将身子往前探，调高了音量。

"两名犯罪嫌疑人化装成销售员，闯入山田女士家中，将其手脚捆绑，并以生命安全相威胁，抢走了放置于壁橱内的现金约两千万日元。接到察觉到异常的邻居的报警后，警察迅速赶到现场进行追捕，并在数分钟后成功抓获一人。该嫌疑人名叫中道升，二十一岁，麻将馆店员，居住于××市。此外，警方还在现场附近发现了另一名可疑的青年男子。该男子手持一台对讲机，与现场被遗弃的对讲机为相同型号，因此警方怀疑其为两名犯罪嫌疑人的同伙，目前正对其展开调查。"

阿升果然已经被捕，阿隆居然也没能逃掉，看来轮到我也只是时间问题。想到这儿，我的心里凉了一半。阿升说想要往上爬，必须冒点风险，现在看来，我们这种渣滓，连抢劫犯都做不来。

播音员的声音还在继续："据嫌疑人中道升供述，目前正在潜逃的嫌疑人名叫芹泽丰，二十岁，××市一家柏青哥店的店员。警方认为，目前此人应当仍潜伏在××市内……"

我不想再听，便按下了遥控器上的关机键。

房间里安静下来，空气似乎也凝固住了。日光灯吱吱作响，听起来分外刺耳。我从冰箱里取出一盒牛奶，也不倒进杯子，直接喝了起来。喝完擦掉嘴角漏出的牛奶,我重重地吐了口气。

回过神来,我才察觉到南波一直在看着我。

"怎么了?"我问道,"我脸上有东西啊?"

"你……姓芹泽?"

"啊,是啊。怎么了?"

"没什么。"

南波摇摇头,眼光挪到了桌子上。然而没过一会儿,他抬头朝我窥探,和我的视线一接触,又慌忙移开了眼睛。

莫非他想起来了?我有些怀疑,但随即否定了这个猜测。这家伙不可能记得我的,对他来讲,那不过是自己职业生涯中成千上万次判罚中的一次而已。

4

晚上十点多,我听到外面传来说话声,便透过窗帘的缝隙向外窥探。两名警察正从南波家旁边的小路上走过,我赶忙缩回了头。

"真是烦人,这让我怎么逃?"我泄气地说道。

"你们为什么要抢劫那个老太太？"沉默了许久的南波突然轻声问我。

"因为她有钱啊，"我回答道，"那个岁数的人，要两千万有什么用？还不如给我们，这样更能发挥那些钱的价值，对吧？"

"可被警察抓住的话，就一切都完了。有了犯罪前科，一辈子都摆脱不了的。"

"你这是在教训我？"

"没有。我只是觉得你这么做有些不划算。"

"接下来是不是要说，你应该去认真工作？开什么玩笑！像我们这种人，再怎样拼尽全力，也只能找到那些不划算的工作。还不如赌一把呢！"

我恨恨地冲着桌腿踢了一脚。

"在学校时过得怎么样？"

"什么？"

"学校。你上过高中的吧？"南波用诚恳的目光看着我。

他为什么会突然说到学校，我不禁有些怀疑。

"啊，"我回答道，"上到了高三那年的秋天。"

"秋天……那离毕业也没多久了啊。为什么不念完？是夏天的时候发生过什么吗？"

"啰唆！我的事情不用你操心。你还是想想自己能不能活过今晚吧。"

我用刀重重地敲击桌面，刀把撞上桌子，桌子表面出现了几道划痕。

　　又是一阵沉默。

　　"你……"南波再次开口说，"肚子饿了吧？来这里以后还什么都没吃过呢。"

　　见我不回答，他接着说道："刚才我在附近的商店里买了杯面，就在塑料袋里。你要是想吃，就吃那个吧。水壶里应该还有热水。"

　　我摸了摸肚子，看看电视机旁放着的塑料袋，又看看他的脸，确实是有些饿了。

　　"行吧，那我就不客气了。"

　　我撕开杯面的塑料薄膜，打开盖子，倒进热水。不过他干吗要给我吃的？一时之间我弄不清他的真实意图。

　　"从这儿出去以后，你打算怎么办？"

　　我正大口大口地扒着面条，南波又开口问道："警察已经知道你的身份，想要回到正常生活恐怕不太容易。"

　　"那种事等逃出去以后再说吧。"

　　"去自首怎么样？"

　　"你说什么？"我瞪圆了双眼。

　　"你们好像没有伤害那个老太太，钱也被警察追回了。现在自首的话，罪责应该不会太重。"

我重新握住刀把，伸出手臂，把刀刃亮在了南波的眼前。

"少来指挥我，你以为你是谁！"

"你还年轻，现在回头还来得及。"

"我说了别指挥我。尤其是现在，听到你说话我就恶心！"

我站起身来，还没来得及再说什么，敲门声响起，一个男人在门外叫道："南波先生，南波先生！"

"听声音，是我认识的那个巡警。他知道我在家，不去开门会被怀疑的。"

"闭嘴！我才不会上你的当。别出声！"

我站在南波的身旁，屏气凝神，侧耳倾听。那个人一直在门口踱来踱去，再这样下去，万一到窗户这儿，可能透过窗帘缝隙就能发现我了。我的心怦怦直跳，紧张得浑身发烫。

"把我的手解开，我不会出卖你的。"

看我还在犹豫，他的脸色变得严肃，沉声喝道："快点！"

我吃了一惊，解开绑住他双手的毛巾，躲进了隔壁房间。随后，玻璃门又被敲响。

巡警大声叫着："南波先生，南波先生！"

"啊，来了来了。"

南波应答的声音响起，随后传来玻璃门打开的声音。"原来是巡警先生，发生什么事啦？"

"啊，您果然在家。就是今晚的抢劫案嘛，有个同伙还没被抓住，所以我们还在不停地巡逻。我觉得他肯定没跑远，就在这附近藏着呢。"

"这可有点吓人呢。"

"南波先生，请您把套窗也关上吧。还有，最好是把二楼的灯打开。"

"对，对，我一会儿就去打开。您辛苦啦。"

又过了一会儿，外面传来关闭套窗的声音。等所有声音消失，我才回到了厨房。

"你暂时还是不要出去的好。"南波看着我说。

"为什么？"我不解地问，"为什么对警察撒谎？你要是说实话，我这会儿已经被抓了。"

"因为我希望你去自首，所以不能让你被他们抓走。"

"搞不懂，你为什么要对我……"

"那我问你，你为什么到我家里来？"

面对南波的问题，我一时无言以对。他接着说道："你觉得一切都是我的错，你落到现在这个地步都是因为我，对不对？"

我深吸一口气，又缓缓地吐了出来。

"你早就知道我是谁了？"

"看到新闻报道，我才确认是你，开阳高中的芹泽选手。其实你一进来，我就已经怀疑了，因为我从来没忘记过你。"

"你少骗我了！"

"我没撒谎,我非常理解你的心情。"

南波冷静得让人讨厌,我打开水龙头,喝了几口水,转身向他走去。

"没错,全都是因为你!"

我呻吟似的说:"都是因为你,我才会落到这步田地。都是因为你那次错误的判罚!"

"我判你出局的那次?"

"那是安全上垒!"我嘶吼道。

5

事情发生在两年前的夏天。

我们学校的棒球队在地区预选赛中一路挺进决赛,只要赢下这场,就能踏入期盼已久的甲子园赛场。

开局打得十分胶着,两队投手连连投出好球,双方都没能得分。比赛近半时,场上形势终于发生了变化,我方率先拿下两分,随后对手在下一个回合扳回了一分。

带着一分优势进入下半场,我方的观众席上一片欢腾,好

不变的判罚

像已经拿下了比赛似的。然而场上的我们不敢有丝毫懈怠，尤其想到梦寐以求的甲子园就在眼前，更是紧张得身体都几乎不听使唤了。

这份紧张带来了恶果。比赛来到第八局上半，我方投手突然控球失误，被对手拿下三分。比分改写为四比二。第八局下半，我方的进攻也未能打开局面。所有人都认为胜负已分，我们自己也这么觉得——看来今年又去不成甲子园了。

第九局上半，我方好歹守住了比分。下半时我方发动进攻，背水一战，大家终于拿出了坚持到底的精神。先发首先打出安打，二棒也选择了四坏球上垒。零出局，一、二垒有人。接下来轮到我击球了。

教练给出的信号是牺牲打。这是想让跑垒员进到二、三垒，然后一打追平比分。很合理的战术。

但合理就意味着会被识破，对方不会那么轻易让我们得逞。

第二次击打，我向三垒方向击出滚地球。这种形势下，我别无选择。然而这一球来势太凶，我没能完全控制好球路。眼见对方三垒手已经冲了过来，我的心里有些慌，搞不好他捞到球传二垒，然后再传一垒，我们就会被双杀。

三垒手"嗖"的一声把球丢给二垒手，随即二垒手把球扔向一垒手。我没命似的跑到垒位，心惊胆战地回头望向裁判——还好，双杀没有出现。

观众席上传来"哦——"的声音，大家都松了一口气。当然，其中也包括我。然而现在形势变成一出局，一、三垒有人，已经不可能一次击打追平比分了。

无论如何都要弥补刚才的过失！我的大脑飞速旋转，只要下一个击球员打出安打，说什么我都要跑到三垒。这样一来，场上还是一出局，一、三垒有人，双方差一分的局势，随后我们再来一记牺牲高飞球就可以追平比分了。

如我所愿，队友击出一记安打！球从一、二垒间穿出，从击球的速度和对手的守备位置判断，我能否跑到三垒尚属未知之数。拼了！我毫不犹豫地跑到二垒，踢了一脚垒位。

晃动的视野前方，对方戴着手套的三垒手正严阵以待。在他身后，我们队的跑垒指导员拼了命地指挥我滑垒。我一头扎了进去，左手手指触到垒位后，感觉肩膀被拍了一下。我确信，这次是安全上垒了。

然而，仅仅一秒钟之后，裁判的判罚让我愣在了原地。

"出局！"

我不敢相信自己的耳朵，抬头向裁判望去，却看见了他高高举起的右手。

对方的观众席上响起一阵欢呼，我方则是一片哀号。我站起身，朝裁判迈出一步，想要提出抗议。裁判瞪了我一眼，似乎在说："你有什么意见？"

"芹泽。"跑垒指导员的声音适时响起,"赶紧回去!"

我咬住嘴唇,朝场下走去。途中我几次回头望向裁判。凭什么啊!明明是我先上垒的,明明是他判错了。这个浑蛋,还那样瞪着我,不许我抗议!这口气怎么咽得下!然而想再多也是无用,我只能愤愤地坐到了板凳席上。

两出局一垒有人,没希望了,随着下一位击球手打出外野高飞球,我们的夏天结束了。

从赛场返回的路上,大家看我的目光都是冷冰冰的。虽然也有人安慰我,但大多数人还是把输球的责任推到了我身上。后来,这冰冷的目光蔓延开来。即使是在暑假结束后,我在学校里依然能感受到一种无形的压力,甚至连我在初中部上学的弟弟都因此受到了霸凌。

终于有一天,足球部的一个家伙当着我的面挑衅道:"要不是有个人瞎跑,咱们学校根本不会输啊!"我终于按捺不住,狠狠地教训了他一顿。而棒球部因为这次的暴力行为受到严厉惩罚,几乎被逼到了禁赛边缘。为了保护球队,我被迫提交了退队申请。

从那以后,大家都对我避之唯恐不及。我也不愿再去学校,每天在那些乱七八糟的地方消磨时间,开始和不良分子越走越近。

就这样没过多久,我退了学,从家里搬了出来。下坡路总是越走越快，没过几天，我就已经像老鼠一样穿梭在夜晚的商业街里，兜售香蕉水等软毒品。

尽管如此，我也曾几次尝试回到正轨，然而现实是残酷的，只要堕落过一次，社会的大门就会对你永远关闭。

从柏青哥店下班，躺在狭小员工宿舍里时，最后的那场比赛曾无数次在我脑中重现。那家伙，把安全上垒误判成出局，我永远都忘不了他那张脸。都是因为他，我才沦落到了今天这个地步。

比赛之后，我查到了那个裁判的姓名和地址。本来想写封信抗议，但最终也没有寄出去。

每当想起那个名字，我心中的憎恨就会疯狂生长。现在做什么都已经无济于事，就让这恨意陪着我熬过难挨的每一天吧。

6

"我说，你还是实话实说吧！"我对南波说，"你当时角度不好没看清楚，但是又必须做出判罚，所以凭感觉判了个出局。对不对？"

听到这话,南波抬起下巴,胸部剧烈地上下起伏,似乎很是激动。过了一会儿,他才开口说道:"裁判不会凭感觉判罚!"

"那就是你看错了。我很清楚,我比对面的三垒手快了一步。你那会儿看上去满脸自信,其实很心虚,对不对?你就没怀疑过自己判错了?你就老实交代吧,不会有第三个人知道的!"

然而南波紧闭着嘴,默不作声。我再也忍耐不住,一把抓住他的衣领,摇晃着他的身体低吼道:"说实话!那次是安全上垒,对不对?是我的手先碰到垒位,对不对?喂,你别不吭声,说话啊!"

听我说完,南波露出一副痛苦的表情,喉头抽搐了几下。

"是的。是你的手先触垒的。"

我松开了抓住他衣领的手,说道:"这么说,你承认是安全上垒了?"

"不,那次是出局。"

"你还嘴硬!"

我又把刀子在他面前比画,但他好像已经习惯了这种威胁,面不改色,只是目不转睛地盯着我。

"原来如此,我明白了。所谓裁判的权威,就那么重要吗?"

我转身朝门外走去。

"等一下，你要去哪儿？现在出去很危险。"

"少啰唆！轮不到你发号施令！你这张脸，我已经看够了。"

怒吼一声，我打开门，走到了外面，任屋外冰凉的空气扑到我的脸上。没有回头看，我跑进了城镇的夜色里。运气不错，出门没有碰到警察。

跑了大约三十分钟，前方出现一个小公园。我还想再跑远一些，免得被警察发现，但腿脚已经不听使唤，只能无奈地走进了公园。

公园里有一台自动贩货机，旁边摆着一条长凳。我买了果汁和香烟，喝完果汁，就点燃了香烟，用空罐子当烟灰缸。

忽然，南波的话又在耳边响起："是你的手先触垒的。"

他自己都承认了！那一球肯定是安全上垒无疑。我没有弄错，是他的错！看吧，就是我想的那样！

灭掉手中的香烟，我躺在了长凳上，感觉脑袋有点昏昏沉沉的。

那些指责过我的人的脸，陆续浮现在了眼前。棒球部同伴们冰冷的视线，同班同学轻蔑的表情，一一从我脑海里闪过。这次真相大白了，我要让你们都好看！

还有南波那个浑蛋，"安全上垒"四个字从他嘴里说出来怎么就那么难！

有人在摇晃我的肩膀。我迷迷糊糊地睁开眼，支起了身子。我这是在哪儿？

"家庭地址？"一个男人的声音问道。

我揉了揉脸，看见两个男人正站在身前。

两个身穿警服的男人。

7

南波胜久前来探视，是我被关进拘留所一周以后的事。他郑重其事地穿了一身灰色西装，不过看上去似乎比那天晚上更瘦小一些。

"我猜你大概还在怨恨我，所以专程前来解释。我被记恨无所谓，但一直这样误会下去，可能会毁了你。"

"什么误会！"我隔着玻璃喊道，"别胡扯了！我接受你的探视，不过是为了听你再判罚一次，听你说出'安全上垒'四个字！"

听到这话，南波痛苦地皱起了眉头。他缓缓地眨了一下眼睛，再次看向我说："再判罚一次，也还是出局。"

"你这浑蛋……"

"你听我说完。"南波把右手摊开伸到面前,"那天晚上我说过,你的手触垒的确早于三垒手碰到你的肩膀。我最开始的确想判安全上垒来着。"

"那为什么没判?!"

"我正想判的时候,你离开了垒位。"

"离开了?"

"你的手指,离开了垒位。"

"啊?"

我的耳朵嗡地一响,全身的血液直冲头顶,大喊:"你说什么鬼话!"

"我说的是实话。直到现在,我依旧记得当时的情形,几乎像录像带画面一样清晰。有几分之一秒的时间,你的手指离开了垒位。"

"你骗人!这怎么可能……"

"当时你似乎想对我说些什么,应该是想抗议对吧?其实我当时就想对你说明为什么会判你出局的。你一边回头一边走向板凳席的样子,一直在我心里无法抹去。开阳高中的芹泽选手。有机会我想见见他,好好和他说明一下。但是我做梦也没想到,再次见面居然会是在那样的情形下。那天晚上我也想解释的,但又怕让你更受伤,就没能说出口。"

"骗人，你胡扯！"

我跳起来，敲打着玻璃，说："那绝对是安全上垒，我的手指没有离开过垒位！"

警卫立即冲了进来，把我拉出了会客室。我一边后退，一边仍然冲着南波大声叫嚷着。

但是被警卫牵着走过走廊时，我的心里隐隐约约浮起一个念头：会不会那家伙说的是真的？我当时滑进三垒，立刻觉得胜利在握，松懈了下来。手指，手指当时是个什么状态？真的牢牢抓住垒位了吗？

我这个人总是这样，爱在关键的时候掉链子。

也是因为这样，才会被警察抓住的啊。

工作，还是死亡？

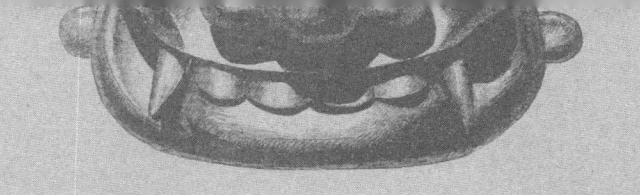

因为自己无心的一句话，我的脑子里闪过一个可怕的想法。宫下前辈似乎也想到了。

我们两人不约而同地望向了林田股长调试过的机器人——它的长长的铁臂膀比人的手臂还要灵活。

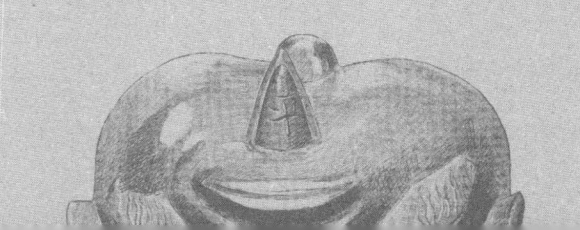

1

又是一个早上。我睡眼蒙眬地沿着小路向工厂走去，嘴里念咒语似的嘟哝着"困死了，困死了"。不同于其他土里土气的乡下工厂，我们厂区是一片银色的巨大建筑物，就像科幻片里地球防卫军的基地似的，远远望去，颇为壮观。可正因如此，市区没有它的容身之地，连累我们也只能跑到这偏僻的地方。

看看四周，路上尽是二十多岁的年轻人，都和我一样，还处在半睡半醒的状态。走这条小路上下班的人，几乎都住在距离工厂大约三公里的单身职工宿舍里，过着从宿舍到工厂，从工厂回宿舍，两点一线的乏味生活。因此许多人觉得换衣服太过麻烦，经常穿着脏兮兮的工作服上下班。

今天恰巧是周一，大家都在朝工厂方向走。如果是其他时候，会有下夜班的同事从反方向过来。碰到认识的人，大家还会无精打采地打个招呼："哟，下班啦？""啊，你现在过去？"

我们工厂的夜班从周一晚上开始，到周五或周六晚上结束。大部分车间都采用两周白班、一周夜班的轮班制度，我所在的车

工 作, 还 是 死 亡 ?

间也不例外。这种工作制度下,最坏的情形是上六天夜班,工作到周日的早晨,然后第二天早上继续上班。然而即便是疲倦不堪,到了周日,年轻人还是会出去玩。比如上周,我就是连续工作了六天,昨天又和女朋友约会到了深夜。还没来得及补充两天来缺失的睡眠,早上又要草草起床,所以才会这般困顿。

头昏脑胀地来到工厂,打过卡,在更衣室换上油乎乎的工作服后,我朝车间的方向走去。车间名叫"电子式燃料喷射器制造室",听产品名称就知道,普通人可能一辈子都不会和它产生交集。

我并没有直奔车间。每天到岗之前,我习惯先顺路在自动售货机买杯咖啡,今天也是如此。

来到放置着自动售货机的休息室前,入口处早已人头攒动,不知在吵些什么。看到我们班组的班长也在,我赶忙凑过去问:"发生什么事了?"

班长戴着一副眼镜,留着一撮小胡子,看上去不像大厂职工,更像是小作坊里打算盘的帐房先生。看到我后,他"哦"了一声,没好气地答道:"这门不知道被谁上了锁,打不开啦!"

他一脸不满,显然正在为早上喝不到咖啡而生气。

"这地方平常很少上锁的,怎么会这样?"

"里面好像还关着个人呢,一动不动的。"

"啊?发生什么事了?"

"你问我，我问谁去？开门以后，记得帮我买杯咖啡！"不耐烦地丢下这句话后，班长大踏步地离开了。

我分开人群挤了进去，把脸贴在入口的玻璃门上朝里面窥探。休息室里只有几台自动售货机、几条长凳和一台电视机，寒酸得很。一名男子趴在专卖可乐的自动售货机前，看不出是谁。不过他穿着灰色工作服，和我们的米色工作服不一样，应该不是制造部的一线员工。

"到底怎么回事啊，可恶！"我身旁的男子凶神恶煞地叫嚷起来。旁人也好，他也好，似乎都对有人倒地这件事毫不在意，只关心工作之前能否喝到一杯咖啡或果汁。随着上班时间越来越近，越来越多的人聚拢过来，现场变得一片嘈杂。

"好啦好啦，让一下，让一下。"来人是门卫老头，这家伙平时就爱显摆，常炫耀自己在自卫队时的经历。现在被这么多人关注着，似乎十分受用，煞有介事地掏出钥匙打开了门。

门一开，人流立刻就涌了进去。我被挤得晕头转向，回过神来才发现，自己已经站在了一台自动售货机前。我想喝咖啡，抬眼看却发现那售货机是专卖某品牌营养饮料的。这饮料最近因为一句"死了可就没法工作了哟"的广告语而备受争议，我也曾经尝过，难喝得很。可是现在休息室里挤满了人，来不及再去卖咖啡的自动售货机前排队了，我只能无奈地买了一瓶"死了可就……"了事。

正喝着,又听到老门卫的喊声:"不要靠近,不要靠近!"转头看去,只见他单膝跪在倒地男子的身旁,正查看那人的脸色。过了一会儿,他"哇"的一声大叫起来:"赶紧,赶紧叫救护车,这人好像死啦!"

周围的人顿时骚动起来,老门卫身边的几名员工齐齐地后退了几步。尽管发生了这种事情,队列居然仍旧不乱,大家还在老老实实地排队。有个女员工嘴里嚷着"哇啊,好可怕",手却没有停,取出了刚买的果汁。

我一边喝着饮料,一边胆战心惊地看向倒地男子的脸。才看了一眼,就把嘴里的饮料全喷了出去。

"我……太恶心了!你干什么啊?!"老门卫怒吼道。

"这这这……这人是我们部门的股长!"我被饮料呛到,咳嗽着说。

2

我从小就喜欢摆弄机械产品,曾立志要当一名工程师。那时的我以为,工程师都是先驱者,是引领时代变革的人。等到上了高中，我心中笼罩在这个词上的光环才完全消退。然而尽管已经明白他们不过是普通的技术人员，我想成为工程师的志向也从未改变。

今年四月我从大学毕业，进入了这家汽车零部件制造公司。这家公司规模位列日本前三，年销售额二十万亿日元，员工人数足有四万之多。能够进入这样的巨无霸企业，我的父母也相当满意。

经过一个月的培训，包括我在内的三百多名大学毕业生被分配到了各个部门。我被分配到公司总部的生产设备开发部，主要负责制造工厂的生产设备。我的岗位在第二系统科。企业很大，这部门却小得很，只有一名科长、两名股长及包括我在内的十名普通员工。

负责带我的是林田股长。他三十五岁上下，长着一张娃娃脸，皮肤白皙，眼神总是畏畏缩缩的。上学时班上总会有那么一两个人，心思单纯，热爱学习，动不动就脸红——他们长大了以后，应该就是林田股长这副样子吧。

"我告诉你，一个人在公司最重要的就是信誉。"这是林田股长对我说的第一句话，"的确，只要有上司的公章，工作过程中谁也不敢有怨言；只要递出公司的名片，供应商都得对我们毕恭毕敬。但是我们必须树立自己的信誉，否则有什么突发情况，公司的招牌就不好使了。"

正因为对"信誉"二字的无比重视，林田股长的信誉在我们部门里也是首屈一指。

"林田股长是怎么说的？没问题？这样啊。他都这样说了，没二话，就这么办吧！"

前辈们去和其他部门的人开会，经常能听到对方这样回应。这让我对林田股长佩服得五体投地，觉得他实在是了不起。然而人与人的想法并不相通，似乎并不是所有人都认同林田股长的成绩。

有位前辈曾告诉我："他喜欢步步稳妥，做事总是选择最谨慎、最安全的方法，当然，并不是说这种工作方式不好，但很难获得上司的赏识，所以科长好像对他并不满意。"

居然还有这回事，这是我没有想到的。我们科长的做事风格不像技术人员，倒像个房地产开发商，口头禅是"搞一把大的"。

我开始跟随林田股长熟悉各种工作，帮忙做些杂事，日子颇为轻松惬意。然而好景不长，才过了一个多月，人事部就发来通知，称新入职的大学生都要去车间实习。理由很是冠冕堂皇，说是为了更好地完成本职工作，新人必须深入了解制造现场，而了解现场最好的方式就是深入一线，和一线员工共同工作。

临走之前，林田股长鼓励我："不要担心。喷射器工厂，我也会经常去的。在那边加油干，就当是提前和一线员工搞好关系，为以后的工作铺路。还有，一定要注意身体。"我能怎么说？只能笑着连连点头称是罢了。

实习工厂离总部足足有三十公里，实习期间，我们被安排住进了单身职工宿舍旁边的短期工宿舍。

就这样，我过上了两周白班、一周夜班的生活。

不过习惯了以后，实习生活还蛮有意思的。班长是个很有趣的老头，其他员工也都不错。也有人看不惯我，会阴阳怪气地说"好好干，反正过两个月你就回去拿铅笔画图了"之类的话。但这类人原本就不受大家待见，所以我也没有往心里去。

林田股长每周都会过来一到两次，似乎是在调试其他生产线上新引进的设备。有时他会到我的工位旁边，看看我的工作状态。

这天我正站在传送带前组装零件，林田股长来到旁边，小心翼翼地弯腰和我搭话："怎么样？工作辛苦吗？"

"还行吧。"我没有停下手上的活，简单地应答了一句。因为一旦停下，就会跟不上生产线的节奏，导致零件堆积。林田股长对此非常了解，因此他没有继续闲聊，只是简单说了句"好好加油"就离开了。

有一天午休时，林田股长带我参观了新引进的设备。那是能够自动组装小型零件的机器人，这种机器人还具有焊接关键部位的功能。最引人注目的是它细长的手臂,动作的精细度完全不输人类。

"真了不起。一眨眼的工夫就做好啦!"看着小零件以每三秒一件的速度新鲜出炉,我忍不住啧啧称奇。

"但是还不完美。"切断电源后,林田股长的眉头拧成了个"八"字,"良品率不行,焊机也经常出问题。还有两个月就要正式投用了,真让人头疼!"

机器人的旁边还站着个人,穿着陌生的工作服。问过林田股长才知道,那是焊机厂家的驻场人员。那人瘦得像根竹竿,脸色也不怎么好。

"其实是林田先生太严格了。"那人的话里透出一股挖苦的味道。这也难怪,作为供应商,他自然希望尽快通过客户的审核,拿到货款。林田股长立即针锋相对地回应道:"因为使用这些设备的都是一线员工。现在做到完美,日后才能减轻他们的负担啊。"

这人真是眼里容不下沙子,我又一次在心中暗想。

上周六的晚上,我还在小卖店碰到了林田股长。我去的时候,他正在买仙贝,说是从早上开始就一直在忙着调试新设备。他似乎感冒了,嘎嘣嘎嘣地嚼着仙贝时,还在不停地擤鼻涕、打喷嚏。

死在休息室的,正是这位林田股长。

3

上午十点钟是工间休息时间。这个时间段,员工们会聚集在各自车间的会议室休息。在休息时听同事们谈起,我才知道林田股长的死已经惊动了警察。若是往常,大家都会去自动售货机那里买点喝的,但由于今天早上的悲剧,那间休息室已经被禁止入内。

"警察都来了,说明那家伙不是因为脑卒中之类的急病死的。"班长一边发着扑克牌一边说道。

休息时间也是他们打牌的时间,不过我从来都只是在一旁观战。打牌的规则并不复杂,但现场的人似乎都很有钱,赌注下得太大,我可负担不起。

"听人说他的头好像被打伤了,脑袋上还有血呢。"一位老员工盯着牌说道。

"被打伤?那是被抢劫犯什么的袭击了?"

"有可能。"

"可入口的门被反锁了啊。"

"当时窗户是开着的,犯人从窗口逃跑不就行了。"

"原来是这么回事。不过,会有人大半夜到工厂抢劫吗?我觉得更有可能是跟人打架了。他是那种惹事的人吗?川岛君?"

"完全不是。"我答道。川岛是我的姓。

因为死者是我原来的上司,大家随即抛来了各种问题。然而我自己也一头雾水,不知该怎么回答。头部被打伤,说明这是一起杀人案,我甚至不敢相信这种事情会发生在自己的身边。

没过多久,休息时间结束,我们返回岗位,重新开始工作。但是,过了大约三十分钟,女同事叶子拍拍我的肩膀,说班长叫我过去。

"警察好像来了。"叶子的眼睛在护目镜后面闪闪发亮。昨天和我约会的就是她。叶子是刚刚高中毕业的新员工,虽然还有些孩子气,但已经学会了攀高枝,一心想要抓住我这个公司总部来的"精英"。听说我开三菱 GTO 跑车,就非缠着我带她去兜风。

我让叶子替我顶一会儿班,自己来到了班长的座位前。已经有两个其貌不扬的人等在那里,他们是县里来的刑警。

刑警问了我许多问题,比如最近和林田股长聊过什么,林田股长最近是否有什么异常举动,等等。我把他最近一直忙于调试新设备的事情告诉了刑警。

等到刑警们的提问告一段落,我赶忙问道:"请问,林田股长真的是被殴打致死的吗?"

"是否被殴打过目前还不知道,但他这里的确有伤痕。"一位刑警伸手指了指自己左耳上方的位置。

"如果不是被殴打，那是……"

"可能性有很多，比如摔倒之后撞到了什么地方。不过，我们一定会调查清楚的，请您放心。"刑警一脸认真地回答后，又问道，"另外，您见过这个没有？"

说完，取出了一袋用玻璃纸包着的仙贝，里面还有三片。我对它们有印象，周六晚上林田股长购买的就是这种，便如实告诉了刑警。

"唔，这样啊……"两位警官似乎依旧无法释怀。

"二位是在哪里发现这个的？"

"垃圾箱。它被丢进了休息室的垃圾箱里。但是我们觉得很奇怪，明明还没吃完，为什么要扔掉？"

这的确令人费解。以林田股长的性格，断然不会这样浪费食物。

"对了，您昨天都去哪里了？"另一位刑警问道。听到这话，我不由得瞪大了眼睛。

"这是在确认我是否有不在场证明吗？"

两人对视了一眼，苦笑起来："看来只要被问到这个问题，大家就会朝那方面想啊。都是从电视剧上看到的吧？我们没什么特别的意思，如果不方便，您可以不用回答。"

没有什么不方便的，我一五一十地交代了自己的行程——工作到了早上，然后去和叶子约会。

刑警们满意地回去了。

吃过午饭后,趁着午休时间,我去查看了林田股长曾经调试的设备。来到现场时,比我早三年进公司的宫下前辈已经在那里了。

"唉,怎么会发生这种事情啊?"前辈看到我,用低哑的声音说道。他经常打网球,脸被晒成了健康的巧克力色。

"吓我一跳。宫下先生是什么时候来的?"

"刚来。才刚到,科长就让我赶紧接手工作。"

"那,科长也过来了吗?"

"他是跟我电话联系的,自己应该是今天一大早就过来了。"

"这样啊。"

平时科长都是让下属自主开展工作,这次居然亲自来到车间分配任务,说明现在已经手忙脚乱了。

"看来林田股长昨天也来工作了呢。"我忍不住感慨道。

"好像是。新设备马上就要正式投入使用了,焊机还是问题不断,他一直都很担心。"

"周日的话,普通员工都不上班,恐怕连目击证人都没有吧。"

"那倒不是,好像是有目击者的。"

"是吗?"

"有位负责设备维护的同事周末上班了,说是晚上十一点左右还看到林田股长朝休息室走呢。"

"晚上十一点……他又工作到了那么晚啊。"

"但是他下班打卡是在晚上十点。"

"唉……"我忍不住叹了口气。

这没什么奇怪的。因为公司有加班规定，加班时间受到严格限制，所以林田股长很可能是先打了卡，然后又无偿加班了一个小时。

"林田股长当时是一个人吗？"

"不是，好像是和焊机厂家的人一起工作来着。但那位同事看见他时，林田股长是独自一人。同事和他打招呼，他连理都没理。林田股长平时一团和气，很少会那样的。"

"宫下前辈，您了解得真清楚啊。"我佩服地望着前辈晒得黑黝黝的脸。

"我刚和进行设备维护的同事聊完，所以才知道这些信息。他当时气得不行，说是警方把他当嫌疑人看待。"

"也就是说，案发时间是在晚上十一点以后。"

"嗯，但关键在于下手打他的人是谁呢？"

"可警察说还不能完全认定是被殴打致死。"

"但你想想，需要多么巧合，一个人才会在脑袋侧面摔出致命伤。我觉得这就是杀人案。问题是，那么晚了谁还会在那里？"

"就是的。那个时间段,连机器都停了吧。"

啊……

因为自己无心的一句话,我的脑子里闪过一个可怕的想法。宫下前辈似乎也想到了。

我们两人不约而同地望向了林田股长调试过的机器人——它的长长的铁臂膀比人的手臂还要灵活。

4

林田股长的送别仪式定在了次日下午六点,地点在他家附近的寺庙里。我拒绝了加班,赶往出席。在我排队等待上香的时候,前面几个妇女交头接耳的声音钻进了我的耳朵。

"听说这人特别热爱工作呢。"

"可不是吗,不工作怎么养家糊口,可是他好像从来不休年假,周六日基本也都泡在工厂里,这就有点过头了。"

"结果最后死在了公司,丢下林田夫人一个人孤零零的,真是可怜。"

听着她们叽叽喳喳的议论,我的心里五味杂陈。我了解的只是在公司时的林田股长，却没想过他家里还有需要他守护的家人。

上完香后，我被带到了隔壁房间。只见餐桌上摆着寿司和啤酒，房间里挤满了相关公司的人，可见林田股长的好人缘。我们部门的同事也都来了，坐在最里面的角落里。

"听说解剖的结果已经出来了。"我才刚坐下，宫下前辈就凑到我耳边说，"果然头上的伤不是摔倒碰伤，而是被相当坚硬的凶器击打造成的。"

"坚硬的凶器……"

我的眼前浮现出机器人那硬邦邦的机械臂。

我和宫下前辈曾经推测，林田股长可能是在工作过程中遭遇了意外，凶手就是那台机器人。但工伤事故本身就已经性质非常严重，他又是在打卡之后无偿加班，事情一旦暴露，我们整个部门都会被严厉问责。因此，我们还没敢把这个想法告诉任何人。

只是这样推测，其中仍有矛盾之处。首先，我和宫下前辈调查发现，机器人的机械臂上没有血迹；其次，林田股长倒在了休息室而非现场，这也令人费解；最后，为什么休息室的入口会被反锁？

"宫下前辈，你今天和焊机厂家的人见面了吗？"

"见了。警察好像也去找他了。听到林田股长的死讯，他也吃惊不小。"

"周日他们的确是在一起工作了?"

"是啊。他说自己中午的时候被林田股长喊过去,陪着他没完没了地调试机器,一直到晚上十点两人才分开。那时,林田股长也打了下班卡,但后来又说还要再工作一会儿再回去。"

这很符合林田股长的做事风格,连工会都知道他是出了名的加班之王。

"焊机厂家的人也被询问不在场证明了吗?"

"好像是。但是晚上十一点多的时候他已经回到了自己的办公室,和他的同事打过照面,所以没什么嫌疑。"

周日深夜还有人留在办公室,看来天下乌鸦一般黑,各个公司的工作环境都好不到哪儿去。

"林田股长真是可怜!人的生命真是太脆弱了!"说这话的是绰号"阿虎"的前辈,此刻他吃饱了寿司,正心满意足地用牙签清理着牙缝。这人绰号"老虎",体形倒和熊猫相似。同事去世,前辈们的态度居然和平时几乎没有什么两样。看到他们这副面孔,我再次感慨公司真是个不可思议的地方。聚集在这里的从来都不是什么志同道合的人,大家不过是被迫待在一起而已。我自己不也一样?平时受了林田股长那么多照顾,甚至也会冒出嫌弃案件不够复杂、不够有趣的荒唐念头。

直到我们要起身离开,科长才姗姗来迟。完全不顾房间里还有其他人,科长大声地招呼我们:"哟,你们都在呢!"口吻仿佛是身处居酒屋里。无奈,我们只能把刚抬起的屁股又放回了座位上。

"今天可真是够呛。一点工作都没做!"

科长刚坐下就发起了牢骚,接着滔滔不绝地说起刑警如何来到总部,如何打破砂锅问到底地调查林田股长的情况。

"连我都被问了不在场证明呢。"阿虎赶忙附和,"那阵仗,好像是我们把林田股长怎么样了似的。"

"我昨天在现场也被问了。普通百姓怎么可能有不在场证明吗!"

科长继续大喊大叫:"晚上十点、十一点,我应该是在家里看电视。但家人的证词,警察应该不会采信吧?"

"好像是的。"阿虎和他一唱一和。

"不过,我记得电视内容……也不行,警察会怀疑我看的是电视节目录像。"

"周日晚上的十点到十一点,播的应该是《吞食天下物语》吧?"

经电视迷阿虎提醒,科长猛拍了一下大腿,说道:"没错!那晚是大结局,我看得特别投入。"

我暗自叹了口气。这部电视剧讲述的是足轻[1]出身的男人立

---

[1] 日本中世以来的杂役、步兵。江户时代处于武士最下层。——编者

志夺取天下，不断努力奋斗的故事，很受上班族欢迎。我也看过一集，不过是一部掺杂了搞笑、伦理和情色的俗套古装剧，看到一半就兴味索然了。但报纸的娱乐版评价它轻松搞笑，能够让下班的人们忘掉一天的疲惫，许多观众都将它作为近期生活中唯一的调剂品。

"总而言之，"科长咕咚咕咚地朝纸杯里倒满温暾的啤酒，和着雪白的泡沫一饮而尽，接着说道，"从明天开始，大家还是要好好干活！连林田那份也一起！你看，人要是死了，想干活也没机会了。"

科长正在那里大放厥词，一名帮忙料理丧事的妇女走了过来。

"不好意思，外面有警察说要找您。"

"啊？"

正准备喝第二杯的科长的手停了下来。

5

带上我、宫下前辈和科长，警车朝工厂疾驰而去。坐在前排的正是那天我见过的警察，两人一路都不怎么说话，让我不由得浮想联翩。

来到工厂，警察带着我们直奔放置机器人的车间。我和宫下前辈交换了一下眼神，他的脸上清楚地写着"要露馅"三个大字。估计我的脸色也差不多。

"这一趟麻烦各位了，其实是想让你们开动一下机器。准确来讲，是想让你们操作一下那个机器人的机械臂。"来到现场后，年长些的警察开口说道。他留着半寸长的平头，黑发中夹杂些许白发，莫名地给人一种很强的压迫感。

"可是，现在并非工作时间……"科长扭扭捏捏地回答。

"没有关系，我们已经获取了贵公司的许可。"警察从西装口袋里掏出一个信封交给科长。科长抽出里面的文件，我从旁边一看，是一份允许启动机器协助警方调查的证明函。

"您好像想通了呢。"

警察冷冷一笑，瞬间又摆出严肃的面孔，问道："刚才您说'现在并非工作时间'，意思是只有在工作时间内才能启动机器？"

"这是公司的规定。"

"非常理解。但下面这个问题，希望几位如实回答。林田先生是不是一个会破坏规定的人？换句话讲，有没有可能，他在打卡下班之后去启动过机器人？"

工作，还是死亡？

我和宫下前辈异口同声地回答"有可能"，只有科长给出了不同的答案。刑警们的目光瞬间变得灼热，定格在了他的身上，说道："到底有没有可能？"

"有……有可能，"科长无可奈何地改口道。

随即，他又赶紧替自己辩解道："其实我早就跟他说过，绝对不能这样做。可怎么说呢，他这个人是工作狂……"

"可以了，可以了。"警察苦笑着摆了摆手，"我们无意追究您的管理责任。再跟您确认一下，如果林田先生在工作时间以外开动机器人，导致发生了事故，您觉得他会怎么处理？"

一听这话我就明白，警察也发现案件的真凶是机器人了。

"当然是，他有义务上报……"科长语无伦次地说。他应该是想说些冠冕堂皇的话蒙混过去，但刑警们可没有那么好骗。

"科长先生！"刑警们显出不耐烦的神色，"都说过了，我们无意追究您的管理责任。"

尽管如此，科长依然支支吾吾了半晌，才无力地吐出来一句："他应该会隐瞒事故吧。"警察们这才赞许地点了点头，似乎很满意他的答案。

"现在可以开动设备，不，机器人了吗？"

宫下前辈答应一声，操作起来。机器人的手臂左摇右摆，运动自如。

"厉害啊！"警察瞪大了眼睛，"简直比我的胳膊还灵活。"

"这款机器人采用了我们科独立开发的ASY系统,抗噪音能力强,已经申请了专利……"口若悬河地介绍了许久,科长才回过神来,意识到现在不是做产品推介的时候,尴尬地干咳了一声。

"好了,可以了。"

听到警官下令,宫下前辈把机器人停了下来。

"那个……"

科长挠着稀疏的头发,小心翼翼地说道:"警察先生可能觉得这是一场事故,可二位也知道,林田君是倒在了休息室里……"

"这个我们当然知道,所以才问了刚才那个问题。而各位也都承认,如果发生事故,他应该会选择隐瞒。事实上林田先生也的确是这么做的,意识到工伤事故发生后,他选择了离开现场。随后他走到休息室,想要躺下休息,又怕被其他人撞见,就把门反锁了。"

我恍然大悟,不由自主地拍响了巴掌。

"负责设备维护的同事说看到林田股长,应该就是在那个时候。当时林田股长已经受伤,所以听到那位同事打招呼也没有余裕回应。"

"应该是的。"刑警看着我点了点头。

"但是,他为什么会死呢?明明还能走路……"

听到科长的疑问，一直沉默的年轻警官开口答道："林田先生的死因是颅内出血。很多时候头部受创的伤者并不会立即死亡。现实中还有头部受创的伤者因脑震荡昏迷后，又苏醒，过很久才死亡的案例。"

"所以今后大家如果头部受创，一定要小心。"

留着平头的老警官和颜悦色地说："其实在诸位前去吊唁林田先生的时候，我们已经检查过机器人，并在机械臂的前端发现了血迹。虽然已经被擦拭得很干净，但通过科学手段还是能够轻易地发现痕迹。"

我知道，所谓科学手段，应该就是鲁米诺测试。

"问题是，是谁擦掉了血迹？"

"那自然是林田君了。"科长赶忙接口。

"不对。要是那样的话，有件事情解释不通。"说完，警察从口袋里掏出一个塑料袋，里面装着一块专门用来擦拭机器的纱布。

"我们在废旧纱布回收桶里发现了这块纱布，上面沾有血迹，应该是在擦拭过机械臂之后被丢弃的。"

"那，那就是林田君扔的嘛。"

"不对。"警察摇头说道，"那个桶是周一早上更换过的。纱布出现在桶里，说明擦拭机械臂上的血迹的时间晚于周一早上。"

科长沉默了，我和宫下前辈也不再说话。

"现在三位明白我们叫你们过来的原因了吗？相关人员当中，有机会在昨天擦拭机械臂的只有你们三位！"

刑警的眼神一变，严厉地说道："还是老实交代吧！"

"对不起！"我边上的科长忽然矮了一大截，只见他双膝一软，跪在了地上。

"是我擦的。我听说林田君头部受伤，马上想到可能和机器人有关。周一早上我赶到现场一看，机械臂上面果然沾有血迹……这事情如果败露，我肯定要被问责，所以就……对不起，实在对不起！"

科长边说边痛哭流涕。看到平日耀武扬威的科长这副模样，我并没有幸灾乐祸，反而莫名地有些心酸——人果然还是低调一些比较好。

"没事的，您起来吧。"警察把手搭在科长肩上，宽慰道，"放心，您应该是不用负什么责任的。"

"啊？"科长不解地抬头望向警察。他的脸上糊满了泪水和尘土，变得漆黑一团。

"其实，有个问题还解释不通，那就是机械臂前端的形状。不管我们怎么调整沾染血迹部位的角度，都无法制造出和林田先生一致的伤口。为防万一，刚才我们又让这位先生操作了一遍设备，机械臂前端的运动轨迹也没有超出我们模拟的范围。"

"啊？那林田君的伤……"

"和机器人并没有关系。"警察微微冷笑着说。

6

"嗯，犯人原来是那个焊机厂家的员工啊？"班长边洗牌边说。

"没错。"

"那可够吓人的。"

被警察抓获后，那个姓山冈的男人立刻交代了一切。

"我头脑一热……"

作案的动机是"头脑一热"。就因为这种理由，他杀害了林田股长。

当然，"头脑一热"是有原因的，而且不止一个。种种因素综合到一起，让山冈做出了冲动杀人的举动。

"我实在是受不了他了！林田那家伙简直是个神经病。采购的设备只要稍微有点小毛病，就立刻说规格不符什么的，要求这样改，那样改，各种要求没完没了。我知道他喜欢工作，不过多少也得替别人考虑一下对不对？机器这种东西，出点小毛病很正常，根本不可能做到完美。大家凑合着用嘛！更何况我又不止他一个客户，还有很多其他工作要应付，以至于我今年到现在只休息过五天，这还是把周六、周日都算进去了。而且很多时候都是无偿加班。那个周日，好不容易能歇一天，又被林田叫到车间去了。我有什么办法？谁让他是我们的客户呢。结果和往常一样，让我干这个干那个，同一个部位拆了又装，装了又拆，总是没完没了。就算是这样，我也都忍了。一直折腾到快晚上十点，他才终于放我回去休息。我本来还挺高兴的，因为能够赶得上看《吞食天下物语》。我每周的生活里就剩下这么一点乐子了，更何况那天播放的还是大结局。我本想打电话给老婆，让她帮我把节目录下来，忽然想起休息室里就有一台电视，就决定在那里看了。没承想，林田打过卡以后也进来了。本来这也无所谓，因为我的心思全在电视上。谁知道，电视剧开始才五分钟，林田就一个劲地打岔，跟我说什么零件啦，数据啦，都是工作上的事情。警察先生，我想好好看电视啊！工作已经结束了，我根本不想搭理他！但那家伙就是不懂，自顾自地喋喋不休。他好像还感冒了，不停地在擤鼻涕。好烦呀！电视剧根本看不下去。我烦透了，感觉都气得胃痛了。这样还不够，他还能做出更让人恶心的事！对，就是仙贝！他掏出仙贝来，嘎嘣嘎嘣地啃了起来。我顺手抄起身边工具箱里的扳手，使尽浑身力气照着他的脑袋来了一下。我知道这是犯罪，但当时就是想这么干。那一瞬间，我的心情舒畅了很多，但随即就害怕了起来。"

据刑警们讲，山冈的供述大概就是这些。打完林田股长之后，他怕事情败露，就把尸体拖到了机器人那里，把他头上的血抹到了机械臂的前端，接通设备电源后仓皇离开。目的是制造因操作失误致人死亡的假象。

然而事情并未到此结束。山冈走后，林田股长又醒了过来。他神志不清，误以为自己是被机械臂打到才受了伤。当时并不是正常上班时间，还发生了工伤事故，这是作为技术人员最不可饶恕的失误。于是他迷迷糊糊地关掉设备，走回休息室，还反锁了房门，以防有人闯进去。不幸的是，林田股长再次陷入昏迷，再也没能睁开眼睛。

另外，把仙贝扔进垃圾箱的也是山冈。

"总之一句话，对工作不能太上心了！"班长边打牌边说。

一位老员工附和道："那些白领啊，工程师啊，他们的工作根本没个完。只要你想干，工作要多少有多少。从这方面来讲，反而是我们好一些，流水线上如果没有物件，就算是想干活也干不了。无偿加班这种事，和我们就更没有关系了。"

听他这么说，其他人也七嘴八舌地开始发表自己的感想。

"杀人当然不对，但这次被杀的人也有问题。努力工作是好事，但过度沉迷，不考虑别人的感受也不行。"

"就是就是。"

"其实他们就是考虑事情太多。那些所谓的社会精英，好像不动动脑子算计点什么就会死掉一样。"

"像你这样完全没脑子的也挺让人头疼。"

"要你管！"

"不管怎么说，我可不想变成他那样。在车间干着就挺好的。"

对于这个意见，大伙儿纷纷点头表示赞同。

"也别这么说嘛。川岛君可是明天就要离开车间回到总部了呢。"

班长这么一说，大家的目光全都聚集到了我的身上。

"是吗？实习这就结束啦？时间过得真快啊！"

"回去以后好好干！"

我赶忙站起身来，鞠躬感谢大家一直以来的关照。

不一会儿，加班的铃声又响了起来。大家纷纷起身，朝自己的工作岗位走去。我因为还要回宿舍收拾东西，今天可以按时下班了。

所有人都走后，叶子偷偷溜了过来，对我说："记得带我去兜风哟。"

工作，还是死亡？

"嗯，没问题。"

"还有，这个给你。"她取出一个祈祷健康的护身符，"记得带在身上哟，小心过劳死什么的。"

我一时语塞，半晌才说道："我会小心的。"

"那……拜拜啦。"她戴上护目镜，朝生产线走去。走到半路，却又停下脚步，转身朝我挥挥手，说了句什么，看口形应该是"加油"。

我只是去工作，怎么搞得像要上战场似的？我心里想着，举起护身符朝她挥动了几下。

苦涩的蜜月旅行

"你这是干什么?"她的声音微微发颤。我的指尖稍稍用力,她的脸上便渗出恐惧之色。

"回答我。"我用连我自己都觉得毛骨悚然的低哑的声音逼问道,"宏子是你杀的吗?"

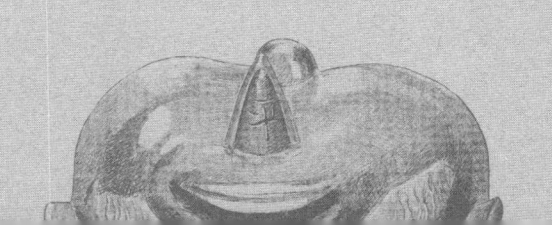

1

伴随着巨大的引擎轰鸣声,飞机朝夏威夷驶去——这次居然没有晚点。

"二位这是蜜月旅行?"

隔着中间通道,邻座的乘客在找我攀谈。我转头望去,一位身穿得体的浅色西装,看上去很有品位的老人正在望向我这边。

听到我回答说"是",他笑着眯起了雪白眉毛下的眼睛,感慨道:"真好啊。果然旅行还是要趁早。"

我回了一个笑容,看他除了对面座位上坐着的身材纤小的老妇人,貌似没有其他人陪同,便回问道:"两位是一起去夏威夷?"老妇人察觉到我的视线,转头朝我微笑致意。

"是的,夏威夷挺适合我们老年人的。"老人又稍稍压低声音说道,"其实,也是为了庆祝我们金婚。毕竟,男人无论到多大岁数,都得哄夫人开心。"

"原来如此。"我点了点头,想要结束话题,就转过头去看

苦涩的蜜月旅行

向尚美。她原本正在看书，似乎听到了我们的谈话，抬头与我四目相对，嘴角绽开一丝笑意。

到达檀香山国际机场[1]，取了行李后，我带着尚美乘坐巴士去往租车公司。因为已经提前预约，所以我们办理租车手续并没有花费太长时间。十五分钟后，我们驾驶着一辆美式小轿车再次出发。从此刻起，属于我们两人的旅程才真正开始。

"我打算直接去奎利玛，你有没有想先游玩的地方？"

"不用了，还是直接去酒店吧。我有点累了。"尚美答道。

"的确，飞机坐得时间久了，也挺累人的。"我点了点头，右脚轻轻踩下了油门。

我们两人都不是第一次来夏威夷，我已经来过三次，尚美则是梅开二度。尽管如此，商量蜜月旅行的目的地时，我们还是毫不犹豫地选择了这里。因为我俩一致以为，此次蜜月旅行不宜过于大张旗鼓。

至于为什么选择低调，原因有很多。

首先，我是二婚。我今年三十四岁，二十六岁时结过一次婚，但前妻于三年前遭遇交通事故死亡。

其次，我和前妻的女儿最近也不幸去世，我还无法完全沉

---

[1] 原称"火奴鲁鲁国际机场"，中国常称"檀香山国际机场"。2017年，火奴鲁鲁国际机场更名为丹尼尔·K.井上国际机场。——编者

浸到幸福当中。

因此，这次我们结婚并没有大办婚宴，招待亲朋。尽管只是去市政厅登记了一下，连结婚仪式都没有举行，但尚美并没有表露出任何不满。最近有许多年轻女性都反感兴师动众的仪式和婚宴等等，可能对她来讲，这事情也没有那么重要吧。

但是，有件事我并没有对尚美言明——低调结婚还有另外一个理由，而那对我来说，是最为重要的理由。

2

抵达酒店时刚过正午，还要一点时间才能办理入住，因此我们将行李寄存到前台，前往餐厅用餐。

点过餐后，尚美四下打量一番，小声说道："果然来到这里，就没几个日本人了呢。"的确，餐厅里除了我们，看不到一个日本人的身影。

"刚过完黄金周，出来游玩的日本游客本来就少。这个地方又太冷门，大部分人都会去怀基基海滩吧。"

"确实，这附近也没有适合年轻人玩的地方。"

"虽说酒店设施齐全,不仅可以打网球、高尔夫,还能骑马,但一出门就什么乐子都没有了。"

"连迪斯科舞厅都没有。日本的年轻人肯定会觉得无聊。"尚美似乎深以为憾。

"别总是把'年轻人、年轻人'挂在嘴边了,你不也才二十多岁,如假包换的年轻人啊。"

"哎呀,要是这么说,伸彦你也年轻得很呢。"

"别挖苦我了。"

我故意板起面孔,见我这副模样,尚美满脸甜蜜,"扑哧"一声笑出了来。透过那可爱的笑脸,我能清晰感受到她内心洋溢的幸福感。如果我也能够拥有同样的心境,能够和她一同尽情享受当下的时光该有多好。可惜,这根本不可能。

吃过午饭,办理完入住手续,尚美立刻说想去海里游泳。

"好容易来到这里,不去体验一下太可惜啦。一起去嘛。"

看到沙滩上美国人在优雅地享受日光浴,她似乎有点坐不住了。

"当然没问题。"我答道。

尚美换上带花朵图案的泳衣,拉着我来到沙滩后,迫不及待地冲进了海里。我坐在柔软的沙子上,远远地欣赏她的身姿。不愧是经过专业训练的选手,尚美的姿势十分优美。只见她来回游弋,还时不时停下来,兴高采烈地朝我挥手。我也抬手回应，偶尔按下相机的快门。

然而，我心里清楚。这些胶卷只怕永远也等不到冲洗的那一天了。

等到尚美尽兴，我们离开沙滩回到酒店。等电梯时，忽然听到有人打招呼："哎呀，这么巧啊。"

回头一看，身后正站着我们在飞机上碰到的那对老夫妇。服务员跟在他们身旁，看来他们才刚到。

我有点吃惊，问道："您二位也是住在这里？"

"是的呢。只是来的路上，我们在市区逛了逛，不知不觉就到了这个时候。"看到我们的行头，老人问道，"看样子，你们刚刚游泳回来？"

我点点头答道："嗯。"

老夫妇恰巧和我们住在同一个楼层，这下老人可高兴坏了："咱们成了邻居啦！有空的时候一定要串串门，在房间里喝一杯！"

说完，他比了一个高举酒杯的姿势。老太太赶忙责备道："人家可是新婚旅行来了，你怎么好随便打扰！"

"没关系的。有空的时候一定。"我这么说不过是出于礼貌，不想尚美立即接口道："那我们等您的消息啊，毕竟人多才热闹嘛。"她的语气听起来有几分诚意，似乎真有此打算。我的心里顿时涌起一阵不安。

苦涩的蜜月旅行

晚饭时分，我们又在餐厅和老夫妇碰了面。两人都换了衣服，坐在了我们邻桌。

"真羡慕啊。结婚都五十年了，还能这么恩爱。"尚美轻声说道。老夫妇安静地用餐，老人偶尔会说几句话，似乎是在开玩笑，逗得妻子不时莞尔。

没过多久，服务生给我们送来葡萄酒。

"那……我们为什么而干杯呢？"我向烛台对面的尚美问道。

"当然是为我们两个人的将来。"尚美微笑着举起了酒杯。我把嘴角微微一翘，做出微笑的样子，和她碰了下杯，随即咕嘟咕嘟地将红酒灌进了喉咙。随着冰凉的酒液进入胃里，几乎要被幸福感冲走的"那个"忽然又在头脑当中觉醒了。

不可以动摇！不可以沉浸在尚美的温柔乡里！我举起玻璃杯挡在眼前，看着尚美那变形的脸，不停地告诫自己。

吃过晚饭，我们回房冲了个凉，早早地躺在了床上。这时尚美开始憧憬未来，说想要早点生个孩子，可以的话还想再学点东西之类的，而我只是随口敷衍。

不多久，尚美在我的臂弯里沉沉睡去。原本在飞机上就没有睡饱，来到酒店后又急急忙忙地去海里游泳，她肯定累坏了。我小心翼翼地抽出胳膊，下了床，生怕将她惊醒。

其实今晚，我根本没有想过要抱她。

因为我们两人早就发生过关系，今天虽然是蜜月旅行的第一天晚上，却也没有什么特殊的意义。

此外，还有一个更为重要的理由。

我到洗手间用冷水洗了把脸，做了几个深呼吸后才回到床边。尚美依旧甜甜地睡着，呼吸悠长而均匀。我坐到她的身旁，两手悄悄地抵住了她的喉咙。

指尖触碰到她晶莹柔软的肌肤，就这样停顿下来。过了许久，尚美似乎感觉到什么，微微张开了眼睛。她似乎一时有些懵懂，不知发生了什么，随即不安地望向了我的眼睛。

"你这是干什么？"她的声音微微发颤。我的指尖稍稍用力，她的脸上便渗出恐惧之色。

"回答我。"我用连我自己都觉得毛骨悚然的低哑的声音逼问道，"宏子是你杀的吗？"

3

宏子是我女儿的名字，亡故时才四岁。她长得很像她母亲，眼睛大大的，活像一个洋娃娃。由于妻子在生下宏子不久后就意外离世，是我将她带大的。

事情发生在圣诞夜的早上。那天早上特别冷，即使打开家里的油汀[1]也没有丝毫暖意，冻得人瑟瑟发抖。

"宏子，快吃饭。"

我见宏子坐在椅子上一动不动，东西也不吃，不得不开口催促。这是她早上的老毛病了。

"不想吃了，我困了。"

宏子搓着脸蛋，满脸困倦地靠在了椅背上。

"好啦，不能再睡啦。咱们还要去姑妈家呢。"

因为孩子没人照料，我每天上班途中都必须先把孩子送到姐姐家。差不多该出发了，我站起身来关上油汀，顺便看一眼油箱上的刻度，发现煤油又要见底了。

拉着睡眼惺忪的宏子走出房间，我让她在走廊等着，自己走楼梯去地下停车场取车。

钻进车里，我才想起自己忘记了一件事情。那天的工作要用到磁带，原本打算前一天买的，结果这事被我忘到了九霄云外。

我赶忙下车，朝外面走去。附近有一家二十四小时营业的便利店，那里应该买得到。心里盘算着，我加快了脚步。

---

1 充油式电暖器。——编者

这一举动使我懊悔终生。

去公司的途中有好几家商店都在卖磁带，为什么我会特意跑那么远去买？事实上，连我自己也百思不得其解，只能说是鬼使神差吧。

在那家便利店，我遇到了麻烦。

在收银台前排队等待付款时，我的头部忽然遭到一记重击。

我一时不知发生了什么事，只觉得一阵剧痛袭来，下意识地蹲下身去，伸手摸摸头，只见掌心沾满了鲜血。这时，耳边又传来一个年轻男子的吼叫："把钱交出来，快点！"我这才反应过来，有抢劫犯闯了进来。

我想站起来，却丧失了平衡感，下半身完全不听使唤。我并没有失去意识，能够感受到惊慌失措的人们在到处乱窜，但身体无论如何就是使不上力。

就这样不知过了多久，等我回过神来，发现自己已经躺在了担架上。随后急救车拖着悠长的警笛，载着我朝附近的医院驶去。

所幸我的伤势不重，到医院时已经能够独立行走了。尽管如此，我还是被逼着拍了个 X 光片。我担心被独自丢在家中的宏子，本想趁等待拍片结果的时候给家里打个电话，没想到警察又来问话。其实也没有什么好讲的，但他们有自己的工作流程，我也只能配合。

简单讲述了事情经过后,我向警察询问起犯人的下落,得知两名犯人已经在带着抢夺来的现金逃跑的途中被逮捕,他们都是刚刚高中毕业的年轻人。

警官们离开后,我怕姐姐迟迟等不到我的消息而担心,便先给她打去了电话。听了我可怕的遭遇,吓得姐姐在电话另一端惊叫连连。

"别担心,我的伤不严重。"我尽量装出无所谓的语气宽慰她。

"那就好,你可真够倒霉的!"姐姐似乎稍稍放下心来,苦笑着说。

"我没事的,倒是宏子一个人在家,让人担心。姐姐,你能不能帮忙去我家看看她?"

"知道了。到时跟她讲爸爸有急事就可以吧?"

"嗯。拜托啦。"

挂掉电话,我这才松了口气。

又过了一会儿,X光的结果出来了。和我想的一样,没什么大问题。医生叮嘱了一番有任何不适随时复诊之类的话,就放我离开了。

离开医院前,我再次往家里打了电话。出乎我的意料,接电话的不是姐姐,而是尚美。

"伸彦先生,不得了了。宏子她……"尚美上气不接下气,似乎转眼就要哭出来。

"宏子怎么了？"我大声问道。

"她昏过去了……情况很不好。"

"昏过去了？怎么会这样？"

"好像是一氧化碳中毒，油汀里的煤油燃烧不充分导致的。"

"油汀？"

这怎么可能！我在心里喊着。出门前，我已经把油汀关掉了的。

"那宏子现在怎么样了？"

"医生正在给她检查。姐姐就在旁边，你也赶紧回来吧！"

"知道了，我马上回来。"

我放下听筒，转身奔出医院。看到一个头缠绷带的男人没命地狂奔，来往的路人们纷纷侧目而视。

回到家中，客房里已经挤满了人。姐姐和尚美正相拥而泣，医生一脸阴沉地呆坐在一旁，宏子则静静地躺在房间正中央。我立刻明白过来，跌坐在榻榻米上，一把抱住被褥中的爱女，发出阵阵无意识的哀号。那不像是我的声音，更像是饿犬的远吠。

那天晚上，尚美一直在客厅陪着我。

"我来的时候，宏子已经倒在这儿的地板上了。房间里闷得厉害，我立刻想到可能是一氧化碳中毒，赶紧屏住呼吸打开了门窗，然后把油汀也关上了。"尚美似乎在极力控制自己的情绪，用淡淡的语气说道。

我默默地听着——从开始到现在，还没有时间，也没有心情听她讲述事情的原委。

尚美早上之所以会来我家，是为了测量卧室的尺寸，看自己心仪的家具能否放得进去。她之前曾跟我提过这件事，但我完全没放在心上，反正她早就有我家的备用钥匙，可以随时出入。

"你来的时候，油汀是开着的？我出门之前，明明已经关掉了。"我死死地盯住油汀，开口问道。

"可能是宏子自己打开的吧。自己在家等你回来，天又这么冷……"

"很有可能……"

我试着想象当时的情形。因为爸爸一直都不回来，宏子返回客厅，打开了油汀。我一直不让她接触会产生明火的东西，但四岁的孩子已经会模仿家长的动作，点燃油汀这种小事应该能够做得到。可是她肯定考虑不到通风换气的问题。出门前，我已经把窗户全都紧闭，因此油汀燃烧不充分是迟早的事。

想到这儿，我的心里生出一丝疑问。早上我看时，油汀的油箱几乎已经空空如也，现在里面却又有了近一半。在我走后，有人加了煤油？然而，尚美和姐姐都对此只字未提。

我无法解释,只能说服自己,早上是自己看走了眼。

"打开门窗透气后,我立刻给医生打了电话。没过多久,姐姐也赶来了……"

"这样啊,给你添麻烦了。"

"干吗要这么说……"

尚美低下头,不再说话。

"我要是没去买东西就好了。"

我狠狠地拍打桌子。"磁带这种东西,明明到处都可以买到的!"

"伸彦,这不是你的错。"尚美眼含泪光说道,"你本来想很快回来的,都怪那两个抢劫犯!"

我没有回答,无力地叹了口气。现在讨论是谁的责任又有什么意义?宏子终究是没法再活过来了。

十多天后,邻居家的主妇告诉我一件怪事。她家就在我家后面,据她说,事发当天曾看到尚美将一个煤油桶从后门搬进了我家。

"煤油桶?大概是几点?"我的心怦怦直跳,脱口问道。的确,煤油桶平时都存放在后门旁边的小置物间里。

"具体几点记不清了,只记得是上午。"女邻居沉吟半晌,接着说道,"但肯定是出事之前。你想,孩子因为油汀而一氧化碳中毒，谁还顾得上做添煤油这种事。"

"啊……"

我一时语塞。邻居没有理由撒谎，而且我自己也一直对油汀里的半箱煤油耿耿于怀。如果是尚美添加的，那一切就说得通了。

问题是她为什么要这么做？另外，如果是她做的，为什么要对我隐瞒？

女邻居说的没错，不会有人在发生那样的事情后去添煤油。难道，宏子出事前，尚美就已经在我家了？

还有一件事也无法解释。我家的客厅紧邻着厨房，中间用风琴帘隔开。接受警官询问时尚美曾经作证，事发时风琴帘是拉上的。我对此十分怀疑，因为我不记得自己早上曾动过风琴帘，而宏子也不大可能会拉上它。

但如果风琴帘没有拉上，这与事故本身又产生了矛盾。因为据专家所言，考虑到油汀可能燃烧的时长和房屋的面积，如果风琴帘是打开的，事情或许未必会发展到有人死亡这般严重。

对尚美的怀疑在我的脑中慢慢扩散——会不会是尚美故意让宏子中毒而死的？

我尽力打消这个念头，尚美怎么可能会做这种事情？然而考虑到作案动机，由不得我不动摇。

我和尚美结婚，最大的问题就是宏子。

说起来很是不可思议，宏子怎么都不愿意亲近尚美。尚美已经来过我家多次，我们三人也常一起外出游玩、吃饭，但宏子始终把她当成外人。虽说宏子是个认生的孩子，但相处这么久依旧是这副模样，让我既着急又无奈。

"宏子是不是还惦记着妈妈，所以才不愿意对我敞开心扉？"

尚美也曾忍不住这样问我，我当即予以否认："妈妈去世的时候，她还是个婴儿，我觉得肯定不可能。"

"那她为什么这样呢？是我做错什么了吗？"

"你对她已经很好了，根本没有做错什么。再忍一忍，相信宏子慢慢会接受你的。"

"嗯，那是当然……"

我记得这样的对话重复过多次，每次尚美都表现得深明大义，但她心里到底是怎么想的，又有谁知道？毕竟，后来宏子的态度越来越过分，甚至对尚美表现出明显的反感。在四岁生日宴会上，她居然将前来祝贺的尚美拒之门外。尚美苦等许久，最后只得悻悻而归。

那种可恶的孩子，要是死掉就好了……

尚美的心中会不会萌生出这种念头？对此，我没有能够将其断然否定的依据。

于是，我尝试推理尚美当天的行动。她来我家的最初目的，应当真的是测量房屋的尺寸。然而看到睡在客厅的宏子后，她有了一个可怕的想法：只要在封闭的房间内点燃油汀，是不是就能让这孩子一氧化碳中毒……

又或许，她并没有那么刻意地想杀宏子，只是想碰碰运气。毕竟，一个普通人主动做出犯罪行为并不容易，而点燃油汀这件事本身没有任何问题。

尚美靠近油汀想要点火，才发现煤油已经消耗殆尽，便去后门外的置物间里取来煤油桶，加满后点燃了油汀。她对我家很了解，很清楚东西放在哪里。

确定油汀开始燃烧后，尚美将客厅的门牢牢关闭。为了确保这招能够奏效，她还周密地拉上了客厅和厨房间的风琴帘。随后她离开我家，估计时间差不多后才再次返回。

如她所料，宏子已经晕倒在客厅里。尚美打开门窗通风，关上油汀后叫来了医生。当然，她无比希望宏子不治身亡。

至于风琴帘，她可能原本也没想提及，但考虑到只字不提的话，自己精心伪造的意外事故将出现漏洞，只能做伪证称"自己来时风琴帘是拉上的"。

越是推理，我对尚美的怀疑便越深，最终认定她就是凶手。但我从没想过寻求警察的帮助，我要亲自查明真相。

然而查明之后，如果结果是坏的那一个，我该怎么办？对此我也早已下定了决心。

如果真是尚美杀了宏子，我只能亲手了结了她，替女儿报仇。

"回答我!"我双手掐住尚美的脖子逼问道,"是不是你杀死了宏子?"

尚美用哀伤的眼神望着我,完全没有要开口的意思。

"给油汀添油的是你吧?你为什么要那样做?"

她依旧保持着沉默。我不明白,她为什么连借口都懒得说。

"为什么不回答?不说话是不是认罪的意思?"

她轻轻地摇摇头,略微张开嘴巴,吐出几个字:"明明是……"

"嗯?你说什么?"

"明明是……蜜月旅行,明明应该很幸福的。"

我感觉自己的面颊在一阵阵地抽搐。

"如果不是你干的,蜜月旅行还能继续!快,快给我说实话!"

然而,尚美没有答话。她缓缓闭上眼睛,胸口剧烈起伏着,深呼吸了几次后,才合上眼睛说道:"如果你能下得了手……就把我杀了吧。"

她的声音干涩嘶哑。

"这么说,果然是你……"

尚美没有辩解,只是缓缓地吐着气,就像一个泄气的皮球,浑身软趴趴的。

"明白了。"

我咽了一口唾沫,指尖用力,掐了下去。

4

第二天早上,我独自前往餐厅用餐,那对老夫妇又坐在了邻桌。这家餐厅的服务员似乎很喜欢把日本游客安排在一起。

我并不想和任何人交谈,但既然碰上了,不打招呼是不行的。

"就你一个人吗?你太太怎么没来?"老人问道。

"她有点不舒服,正在房间里休息呢。没什么大碍。"

"身体要紧,"老妇人接口道,"可能是太累了吧。今天可得让她好好休息一天。"

"谢谢您的关心。"

我怕他们继续询问尚美的事,便微微颔首,做出一副专心用餐的样子。其实此刻的我根本毫无食欲。

索然无味地吃过早餐,我没有回房间,而是直接去了海滩。

尽管时间还早，但已经有好几家人在那里玩耍了。我找了个离他们稍远的地方，弯腰坐下。

我呆呆地望着大海，忽然想起几年前来夏威夷游玩的情形。那时，陪在我身边的还是前妻。旅行回去后她就怀孕了，她一直想要个女儿，这次终于得偿所愿，生下了宏子。

直到今天，前妻出车祸那天的情景还历历在目。得到消息的我匆匆赶到医院，然而她的眼睛没能再次睁开。宏子不知道发生了什么事情，但看到我在流泪，也哇哇大哭起来。我紧紧地抱住她，在心里发誓：绝不会让这个孩子再受半点委屈，我要把你没来得及给的爱全都补偿给她——

然而我终究还是食言了，宏子死了。

如果只是意外，或许我不会那么难以释怀。但如果宏子是被人所害，那我除了复仇别无选择——无论对方是谁。

可是，杀人凶手真的是尚美吗？

不得不承认，到了这个当口，我对尚美的怀疑再次动摇，再次开始觉得，她不可能做出如此可怕的事情。

尚美是我在公司的后辈。她开朗的性格，对所有人都和善有加的态度深深吸引了我。我开始憧憬，这样的女孩应该能成为宏子的好妈妈。而她似乎也对我颇有好感。

求婚之前我犹豫了很久。她是初婚，我却带着一个"拖油瓶"，任谁都看得出，和我在一起，她将来肯定少不了要吃苦头。

尽管如此,当我提出结婚时,她还是毫不犹豫地应允了,说:"我,一定会做个好妈妈的。"

一瞬间,这句话又在耳边响起。那斩钉截铁的语气,不像是有口无心的敷衍。当然,最初的决心往往会随时间风化,但我相信那时的她是真心的。

一瞬间,当时的情愫在心里复苏。然而事到如今,我已经无法回头。因为两个人的蜜月之旅,现在却只有我一个人坐在这里,甚至还在思考,该如何处理尚美的尸体。

5

黄昏时分,我正在房间待着,房门突然被敲响了,外面站着的正是那位老人。

"一起喝一杯?虽说时间还有点早。"

他手里拿着一瓶白兰地,朝我挤挤眼。我一时想不出拒绝的理由,只好让他进来。

"嗯,你太太不在啊?"老人四下打量一番后问道。

"她出去了，大概买东西去了吧。"我强装镇定，其实语气中的不自然连自己都听得出。

"这样啊，她身体已经好啦？"

"嗯，谢谢关心。"

我准备好酒杯和冰块，摆到桌上。老人似乎心情不错，笑着落了座。

"两位常到国外旅行吗？"他往两个杯子里倒着白兰地，不经意地问道。

"没有，大概一两年一次吧，而且也都是在周边玩玩。"

"那也够让人羡慕的啦。所以我才说，旅游必须得趁年轻。"

抿了一口白兰地，老人指了指放在角落的旅行箱说道："你的旅行箱可够大的，我还没见过这么大号的呢！"

"这是从前为了去欧洲旅行买的，缺点就是太大了，搬运起来不方便。"

欧洲之行也是和前妻一起去的，看到这个箱子，她还开玩笑说："不如我钻进去吧，能省一张机票钱呢。"的确，这箱子装下一个小个子绰绰有余。

"嚯哦，这应该能装不少东西吧！"

老人走过去，上下左右地打量着旅行箱，似乎还想打开它，看看里面的构造。我没应声，就坐在那里看他。

随后他往上拎了拎，像是要掂掂分量，然而箱子根本没有离地。

"唔，真重呢！"他退回到座位上，似乎刚才用力过猛，脸都憋红了。

"您夫人在房间？"我问道。

老人苦笑了一下答道："她上午玩得太过火，这会儿说头疼，正躺着呢。"

"那您该担心了。"

"没事，很快就会好的。她的身体情况，我清楚得很。"说完，老人愉快地举起了杯。

"您二位有孩子吗？"

"没有，就我们老两口相依为命呢。"

嘴里虽然这么说，但老人依旧笑容灿烂，看不出些许的落寞，或许他已经熬过最希望子女陪伴的那段时光了。

我盯着角落里巨大的旅行箱，把白兰地灌进嘴里，仿佛看到了出发前尚美收拾行李时的模样。烈酒下肚，我的胃里一阵阵收缩。

"我能问您一个问题吗？"

我放下酒杯，望向老人："您有没有过……杀掉夫人的念头？"

老人似乎并没有很意外。他用电影慢放般的动作把玻璃杯放回桌子，仰望着斜上方的天花板，许久后才把视线收回到我的脸上，开口说道："有过。"

"什么？"

"有过。毕竟结婚五十年了。"

他又把杯子举到嘴边，含了一口酒，像山羊似的抖动着嘴唇把它咽了下去。

"看起来不像啊，您二位那么恩爱。"

"是吗？但是，无论多么恩爱的夫妻都会经历危机。不，正因为彼此相爱，有时才会相互误解，最后闹到无法收拾。"

"相互误解……"

"为对方着想做了某些事情，却得不到对方的理解，就像齿轮倒转了似的。然而，要让齿轮恢复正常也不容易，因为这样做难免又会伤害到对方。"

"齿轮……"

我叹了口气，说道："如果只是误会，总有一天会真相大白的。"

"但是，我和尚美的情形不一样。"后半句，我只能在心里说给自己听。如果尚美不是杀害宏子的凶手，她为什么连一句辩解的话都不讲？

老人仿佛看穿我的心事，又道："到底是不是误会，不尝试着解开怎么能找到答案呢？"

我吃了一惊，一时无言以对，过了半晌才说："也许您说的没错。但是，世上并不是所有的事情都能寻得真相。有时人必须在无法判定真伪的时候就下结论，不是吗？"

老人无声地笑了笑："自己无法判定真伪，就相信对方。做不到的人说是蠢材也不为过。"

说完，他站起身来："好啦，我该回去啦。"

我将他送至门口，老人又转身说道："眼睛只盯着别人的话，误会是很难消除的。这个道理，请你务必仔细想一想。"

老人似乎意有所指，我一时难以明白，不知该如何接话。他微微一笑，自己开门走了出去。

房间里只剩下了我一个人，见杯中还剩了一点白兰地，我便又喝了起来。

老人的话叫我颇为费解：眼睛不能只盯着别人——

他到底想说什么？让我思考一下自己做过什么？可是，宏子死的时候我并不在场，又能思考什么呢？

那就是在出事之前？但我确信自己已经关掉了油汀。

然而，回想关掉油汀之后的情形，我的内心开始动摇。一直以来，我的注意力全部集中在了油汀身上，完全没有考虑过其他东西。

实际上，最为关键的要素恰恰隐藏在了我的视野盲区里。我真是蠢材，为什么一直都没有察觉到呢？！

我再也坐不住了，像一头熊似的在房间里来回兜着圈子。

一个于我而言无比恐怖的推理正在成形,而这个推理能让一切的疑问冰消瓦解。

那个老人肯定是特意过来点醒我的。

几分钟后,我奔出了房间,跑过走廊,敲响了老夫妇的房门。

"你果然来啦。"

老人把我迎进来。我径直穿过房间,在窗边的一把椅子面前停住了脚步,呻吟着问道:"你为什么不早点告诉我?害死宏子的,其实是我?"

"我……说不出口。"尚美流着泪回答。

6

"白天,我们发现尊夫人倒在树林里。"

老妇人牵起尚美的手,她的手腕上缠着绷带。我立刻意识到,尚美今天居然曾尝试过自杀。

"原本我们想报警处理的,无奈被她苦苦劝阻,只能退而求其次,听她讲述了事情的原委。对于令爱的亡故,我们十分

苦涩的蜜月旅行

同情。结合当时的状况,也很理解那你为什么会对太太产生怀疑。"老人从旁说道。看来我和老人聊天的时候,尚美应该就已经在这里了。

我摇了摇头说:"但那是个误会,您说的完全没错。"

"误会是常有的事。倒是昨天晚上,你最终悬崖勒马,这可真是太好了。"

听他这样讲,我几乎羞愧得无地自容。自己险些犯下多么愚蠢的罪行啊!

昨夜我已经动手想要掐死尚美,但中途选择了放弃。只不过,我这么做却并非因为相信她,只是因为缺乏勇气而已。

当时,感觉到我指尖的力量松懈,尚美还反问:"你不杀我吗?"我无言以对。

今天一大早,尚美便独自离开了房间,想必是因为和我同处一室太过痛苦了吧。那时她可能就已经动了自杀的念头,如果没有老夫妇及时发现,后果将不堪设想。

"真是对不住你。"我向尚美低头致歉,"我不奢求你的原谅,只想请你告诉我一件事:是你把汽车熄火的吧?"

即使现在,她的脸上依旧现出了犹豫的神色。可能是意识到已经无法再继续隐瞒,片刻后她下定决心似的点了点头。

"不错,是我。"

"果然是这样。而你为了掩饰这一行为,才故意将油汀……"

我痛苦地闭上眼睛，泣不成声地说出了真相。

一切全是我的过错。那天早上我发动引擎后，没有熄火便离开了家。现在的我，已经能够明确地回忆起当时那样做的理由。由于那天早上异常寒冷，所以我想先预热一下发动机再出门，然后趁这个当口，走路去便利店购买磁带。

但是，那起意外的抢劫案使我没能按时返回。那期间，车尾气沿着楼梯逐渐弥漫至整条走廊，而宏子可能正在走廊打盹儿——那孩子早晨总是睡不醒。

我能够轻易地想象出尚美来到我家时的情景。看到昏倒在汽车尾气中的宏子，察觉到原因的尚美想要帮我掩盖这个错误，于是给油汀的油箱加了油，制造出宏子因煤油燃烧不充分而中毒身亡的假象。

风琴帘的事情也是一样，为了不让自己的伪造败露，她果断选择了做伪证。

简直不可理喻。明明害死宏子的人是我，我却一直怀疑极力袒护我的尚美，甚至还差点为此将她杀害！

膝盖再也无力支撑，我瘫坐在地板上，颓丧地垂着头，眼泪啪嗒啪嗒地滴落在地板上。后悔与自责挤压着我的身体，几乎要把它碾碎了。

有人碰碰我的肩膀，我抬头望去，只见尚美正痛苦地皱着眉头。

"我怎么也说不出口,我不想看到你难受的样子。"

"你应该告诉我的。至少昨天晚上……"

听我这样讲,她强忍住痛苦,流着泪微笑道:"以后可别再杀我啦。"

"尚美……"

"好啦好啦。"老人在我们身后说,"咱们四人一起去吃个饭吧?今晚我们做东。毕竟是你们二人重归于好的日子,必须好好庆祝一番!"

尚美向我伸过手,我摇摇晃晃地站了起来。

灯塔之上

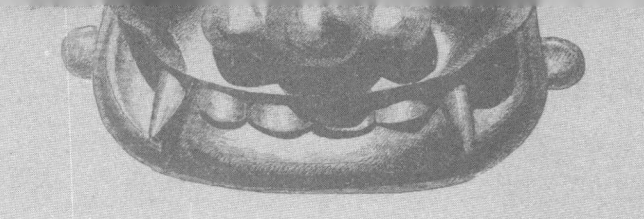

早上和他见面时,我稍微做了一点手脚。趁他上厕所,我从他的背包里取出波旁威士忌的酒瓶,把我随身携带的安眠药放了进去。

所以今晚,他一定会沉睡不醒。

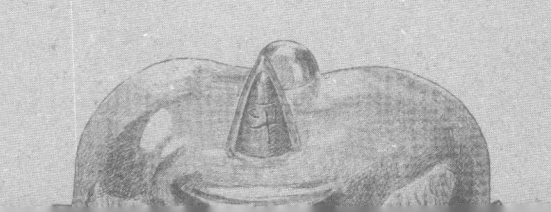

1

原本想给房间换个格局,却在整理时无意中翻出一本旧相册。其实,"无意中"这词并不贴切,因为我一直都没有忘记过它,始终记得自己把它藏在了哪里。

我把相册放在书桌上,小心翼翼地翻动着。翻到那一页时,我的手停住了。这上面贴着相片和一则从报纸上剪下来的新闻报道。相片上是一座白色的灯塔。

那件事已经过去了十三年。今年四月,我满了三十一岁,佑介该有三十二岁了吧。

不过那事情是万万不能对别人讲起的,即使到今天我依然能清晰地记起每个细节。

十三年前的秋天,我十八岁,佑介十九岁。

虽然是同班同学,佑介却比我大了将近一岁。他出生于四月二日,我则出生于次年的四月一日[1]。也就是说,他是班级里年

---

[1] 根据日本教育部门规定,儿童三岁起入学,在该年度四月一日前年满三周岁的孩子,都可以在该年度的四月一日进入幼儿园学习。——译者

龄最大的,而我是最小的那一个。

从幼儿园到大学,我俩都在同一所学校。虽说其中有两家住得很近的原因,但如此巧合,让人很难不怀疑这是某种超自然力量的安排。而且到了大学以后,尽管我们分属不同院系——他进入了社会学院,我在文学院——但两个学院共用一栋宿舍楼,倒使得我们见面的次数比高中时更多了。

我俩的关系自然不坏,经常在一起行动,但也绝对称不上是亲密好友。当时的佑介常说,我俩应该叫作"关系挺好"。

"关系挺好"——可以说评价得很贴切,也可以说完全不对。毕竟我们之间有着太长的过往,发生过太多的事情,这使得我们的友情如同缠绕的丝线一般错综复杂。

大一那年秋天,我俩策划了一场旅行。说是秋天,但那时暑假刚过,秋老虎隔几天就会肆虐一次。我原本打算一个人去,既能为学生时代多留下些回忆,又能磨炼意志,让自己变得更坚强一点。

佑介不知从哪儿听到消息,自己找上了门来,缠着我要一起去。想到两人同行的话有违初衷,我不禁面露难色。佑介赶忙表示,可以和我分开行动。

"要不要竞争一下?我们同一条路线分头走,各玩各的。回来后比一比谁的旅行更有意思。"

"为什么要这样做?"

"没有为什么。玩个游戏而已嘛。游戏！怎么样？你就当是偶然碰到了我。"

"我又没有阻止你旅行的权利。"我有些悻悻然。

这么古怪的提议，亏他想得出来，但我隐约能明白他的动机。我居然有了独自旅行的想法，对佑介来讲，这可不是值得高兴的事情。在佑介的人生剧本里，我注定要扮演一个懦弱无能，离开他的帮助就一事无成的角色。

商量过后，我们把目的地定在了东北地区，出行方式选择铁路的周游券，不制订具体的日期计划，总之要尽量多转一些地方。

选择这个时间段，是因为此时各地的游客最少。日本的大学生们再怎么不爱学习，期中考试前也都会老老实实待在教室。即使是我，如果这次考试涉及关键的学分，也不会生出远游的想法。当然，不是我自夸，因为自己平时出勤情况良好，笔记也做得认真，所以考试前也无须慌张。问题在于佑介，但他既然这么主动，应该已经想好了解决办法，比如考前借别人的笔记，或是考试当天让社会学院的同学坐自己旁边，直接抄他们的答案。高中的时候，他可没少让我做这种事。

说是分头行动，最初的一段路，他还是和我坐了同一班列车。只不过我们下车的车站不同，我会从东北的南部地区北上，他则一口气走到青森县，在那里下车。

"你今晚住的地方定下来了吗?"列车启动没多久,佑介就开口问道。

"预约了车站前的商务酒店,不过只定了今晚。"

听完后他从鼻孔里哼了一声,带点鄙夷地笑了起来。

"一个人旅行住什么酒店嘛。有钱人家的公子哥也只能做到这个地步了。看我,还完全没谱呢,却一点也不担心。实在没办法了,在车站的候车室我也能睡着。"

被说成公子哥,这让我有些不快。

"我也是有露宿街头的决心呢,连东西都准备好了。"

"你?你还是算了吧。这种事,平时不好好锻炼身体的人根本吃不消的。"

"就几天的工夫,无所谓的。"

"总之,不要太勉强自己啦,你就不适合一个人出门。"说完,佑介重重地拍了一下我的肩膀。

随后我们开始聊一些大学和社团的事情来打发时间。说是"我们",其实几乎完全是佑介的独角戏。他加入了网球和滑雪的同好会,便不停吹嘘那里的生活如何多姿多彩,仿佛在故意炫耀自己完美的大学生活似的。

他就是在故意炫耀!提出和我比赛肯定也是为了这个。我变得自信,对他来讲是不能容忍的。

因为我一直都不是个有自信的人。

因为没有自信，我一直都躲在别人身后。

而这个"别人"就是佑介。只要我还在他身后，他就能一直扮演被朋友倚重依赖、高大伟岸的庇护者的角色。

我们两人的这种关系到底是何时形成的？回想起来，开端应该在幼儿园时期，那时的我总是藏在佑介后面。因为年龄的关系，我在班级里是最矮小的，佑介则身材高大，在我们中间显得鹤立鸡群。

所有人都对佑介俯首帖耳，只要他开口，大家就会像训练有素的士兵一样忠实地执行命令。然而这样被人颐指气使，任谁都会不满，于是大家把气撒在了最弱小的人——我的头上。为了保护自己，我只能跟在佑介身后寸步不离。而佑介似乎非常享受这种被人依赖的感觉。

这种关系一直持续到了小学、初中阶段。尽管我的体格逐渐追上其他人，佑介也不再是班级里最高大的那一个，我俩的角色关系依然没有改变。佑介是领导，把我当助手或小喽啰使唤。不可思议的是，我自己对此也甘之如饴。他有勇气，敢于做些离经叛道的事情——当然，没有到不良行为的程度——因此跟在他后面，能够经历许多意想不到的趣事。

到了高中，两性意识觉醒后，佑介拿我又有了全新的用途：给他做陪衬。把我这样缺乏男性魅力的角色放在身边，自己的形象自然能显得更加伟岸。或许是出于这种考虑，他总爱拉上我组织二对二的约会。对面的女子二人组往往也是同样的配置，佑介的目标必然是女主角，我只能去应付和自己同病相怜的女配角。

现在想来，他逼着我做陪衬，或许不只是为了在女生面前出风头那么简单。一直以来众星拱月的佑介，上了高中后却泯然众人，无论学习成绩还是体育成绩，都乏善可陈。于是没有人害怕他，也没有人特别尊重他的意见。他不过是一名平凡的高中生而已。

自视甚高的佑介忍受不了这种落差，所以为了掩饰地位的下降，他需要有人在身旁衬托自己。那个人自然就是我了。只要我像往常一样对他言听计从，在外人看来，他就依旧是那个能够高高在上的佑介，至少他自己能够继续品味以往的那份优越感。

列车驶进了群山之间。

不知是说累了，还是吹嘘的素材已经耗尽，佑介闭上了眼睛。我盯着他的侧脸，他似乎是察觉到我的目光，睁开眼睛看向我，问道："怎么了？干吗盯着我看？"

我答道："没什么。你刚刚睡着了？"

"嗯呢。"他用指尖揉揉眼皮说，"一下子就睡过去了，旅行的时候总是这样。我不管在哪儿都能睡着，可能是因为心态好吧。"

又开始吹嘘了。我强忍住不快,苦笑了一下。

"你也睡着了吗?"

"没有,我还不困。"

"是吗?抓紧一切时间补充睡眠,这可是保持旺盛精力的秘诀。不过你肯定办不到就是了。你这家伙就是神经质。这次也带了安眠药?"

"嗯,带了一点。"

"哼哼,就你这样子,能坚持完整个旅程吗?"佑介歪着头笑了起来,"不过我也随身带着药呢。波旁威士忌就是我的药。一个人出门在外,不去吃喝玩乐,安眠药什么的太煞风景了。"

他又在夹枪带棒地贬低我,我赶忙告诫自己不要生气,千万不能放在心上。

这次旅行最大的目标是磨炼自己的意志力,同时也想与十几年来和佑介之间的不平等关系做个了断。只要做成这件事,树立对自己的信心,在佑介面前那种毫无根据的自卑感应该就能消失。

但是,佑介肯定不会坐视不理。一直矮自己一头的小跟班居然想脱离控制,远走高飞,这怎么能容许?所以他才想出了比赛的主意。连旅行结束后他会说些什么,我大体都能猜得到——同样是独自旅行,我的旅途充满了冒险和刺激,与之相比，你的经历根本上不了台面。这样打击一番，自然能够维持他在精神层面对我的优势。

我暗下决心，这次绝不能输给他。一定要在旅行中制造些回忆，不能让它变成普通的景点打卡之旅。

从上野出发，行驶了大约五个小时后，列车缓缓停靠在了仙台站。我站起身来，背上双肩包，和佑介道别。佑介轻抬右手，说了句"一定要挺住哟"。说这话时，他脸上写满了自信，还流露出些许揶揄的神色。这表情我看惯了，并没有介意。只是走在通道里，我偶然回头的瞬间，居然从他的脸上捕捉到了一丝不安，这让我很是意外。

在仙台住了一晚后，我先去游览松岛，接着跑到了石卷市——因为松岛附近实在没有好的地方可供住宿。第二天从石卷市出发，途经平泉来到花卷市，投宿在了宫泽贤治[1]故居附近的一家民宿。

就在当晚，我开始焦躁起来。

因为我发现，从出发到现在，自己一直都在观光胜地打转，没有任何惊喜，既没有邂逅同样独行的女大学生，共度美妙的一

---

1 1896—1933，日本诗人、童话作家，生于岩手县稗贯郡花卷町（今岩手县花卷市）。——编者

晚；也没能结识当地人，让他们带我饱览不为外地游客所知的秘境。

躺在被窝里，盯着天花板，我忍不住想：此刻佑介又在做些什么呢？他最擅长和女孩子搭讪，人长得又帅气，单人旅行已经变成了两人旅行也说不定。如果是这样，等见面后他肯定会大肆吹嘘，到时如他所愿，我也会再度丧失自信。

明天还是去日本海看看吧，我想。人们不是常说，看到波涛汹涌的日本海，就不会再纠结于琐碎的烦恼了吗？

或许在那里，我能邂逅改变自己的契机。

2

我乘坐前往日本海附近的列车，在×站下车（隐去站名当然是有原因的），坐上了前往海边的巴士。这巴士像已经跑了几十年似的，车身破破烂烂，几乎找不到一个表面完好的座椅。道路也坑坑洼洼，坐在车上颠得我屁股生疼。同车的还有几位乘客，其中几位一看就是当地人，还有两位年轻的女游客，看上去像公司白领。佑介如果在，肯定会毫不犹豫地上前搭讪，我却没有这种勇气。对方有两个人，我自己怎么应付得过来？仔细看看，好像两人都不怎么年轻了……正胡思乱想着为自己的懦弱找理由，巴士已经到达了目的地，就这样错过了时机。

眼前是一处突入日本海的岬角。环顾四周，并没有什么特别值得观赏的景致，只有一片空旷的原野和一座兀立的灯塔。一队游客貌似是被公司硬拉来团建的，正拖着疲惫的步伐摇摇晃晃地前行。

我走到岬角的前端俯视脚底，巨大的岩石高低错落，海浪拍在上面，飞沫四溅。日本海果然壮观，但是我并没有感受到期待的冲击和感动，不免有些失望。

走到灯塔前时，我看到一同乘坐巴士的两位女性走了进去。带着一点点幻想，我也迈步跟了进去，毕竟也没什么其他值得看的东西。

没想到这么寒酸的地方居然也收门票。入口处有个接待窗口，一个三十多岁、皮肤黝黑、戴着眼镜的男子在里面收费。接过找零时，他那异常粗壮的双臂给我留下了很深的印象。

不出所料，沿着螺旋楼梯登上塔顶后，并没有什么特别的景色，只不过视野更好一些而已。刚才的两位女性正在另一侧聊天，内容颇为有趣，我听得津津有味。片刻之后两人离开，我也没了停留的理由，随意绕了一圈，便决定下楼梯。现在可没工夫在这里磨磨蹭蹭，今晚要住在哪里还不知道呢。

这时身旁突然传来一个声音："一个人出来玩？"

我循声望去，刚才在窗口收费的男子正斜靠在栏杆上看着我。他身材高大雄壮，胸脯极其厚实，似乎随时都要把胸口的纽扣崩开。厚实的胸脯前挂着一架硕大的双筒望远镜。

我答应了一声"是"，他藏在眼镜后的眼睛眯了起来。

"真让人羡慕啊。这样旅行，也只有年轻的时候才能办得到喽。你是学生吧？"

"是的。"

"是大学……"他双手环抱在胸前，上下打量了我一番，说道，"大约三年级？"

"猜错啦。我才大一呢。"

"啊，那就是春天的时候刚刚考上大学。打算趁今年学业还不重的时候，好好玩一番？"

"更重要的是想干些只有现在才能干的事情，给以后留下些回忆。"

"原来如此。"

他频频点头，似乎对此感同身受，非常理解我的想法。

"现在是在环游东北地区？"

"是的。可以的话，还想去北海道看看。"

"自己去那么远的地方啊,了不起。怎么样?一路上有没有喜欢的地方?"

"这个嘛……有几个地方还不错。"

"比如说?"

"比如说……"我有点犯难,一时不知该怎么回答,便转过头去。看到眼前的日本海,忽然灵机一动,答道:"比如说这里。虽然不是什么旅游胜地,但对我来说反而更有意思。"

出门在外,适当恭维一下当地人应该没有坏处。果然,他露出了十分高兴的表情。

"哦?喜欢这里啊?你真有眼光。这里虽然知道的人不多,景色却着实不错。尤其从灯塔朝远处看,更是棒极了,连心灵也好像接受了洗礼一样。"

他朝日本海深吸了一口气,又转过身来看向我,说道:"下去喝杯咖啡怎么样?不过我只有速溶的。"

来到楼下,喝着塑料杯里的速溶咖啡,我心中暗想:这段经历应该可以向佑介吹嘘一下。能和当地人打成一片,不啻冒险者的勋章啊。

守塔人自称小泉,一个人在这里工作。

我有些惊讶,问道:"您一个人?一直待在这里吗?"

守塔人苦笑一声,说道:"一个人怎么吃得消……还有个同事和我倒班。这次我是从今天白天一直当班到后天中午。"

"就算这样,也很辛苦啊。"

我环顾四周,狭小的观测室只有六张榻榻米[1]大小,里面还摆放着各种不知名的计量器具,显得更加拥挤。一台扫描式记录器正在工作,缓慢地在记录纸上画着红色、黑色和蓝色的线条。

我坐在靠墙一侧的破沙发上,面前是一张小矮桌,小泉就坐在了桌子对面。

"今天天气很好,要不要一起去看落日?"小泉看了看手表说。

我也看了看手表,已经快五点了。

"从这里看夕阳,可是别有一番风味。你看过太阳沉入大海的瞬间吗?"

"海上落日?那倒没有。"

"我就知道。住在太平洋那边的人只能看到太阳从海面升起,可看不到海上落日的情景。很壮观哟。一起去吧!我知道一个很好的地方。"

守塔人两手一拍大腿,站了起来。

"这不太好吧?可能还会有游客过来吧。"

---

[1] 日式房屋在地板上铺设的长方形草席,尺寸约为180厘米×90厘米。其尺寸是日本建筑尺度的重要单位。——编者

"没事的，没事的。今天已经不会有人来了。从镇上过来的巴士，你坐的那一班已经是最后一班。而且灯塔只开放到五点，稍微提前一点关门也没有关系。"

"这样啊。"

听他这么说，我稍稍有点动心。虽然称不上秘境，但当地人说"不错"的地方，我还是想去一趟的。

我刚想背上背包，他立刻阻止我说："行李就放在这儿吧。要爬上爬下的，背着它不方便。"

"但是，我想看完落日之后直接去巴士站。"

"来得及的。我们抓紧一点时间。万一赶不上巴士，我就开车送你到最近的火车站去。"

"那多不好意思。我们还是尽量早点回来。那……我就带个相机去。"

我伸手从背包里取相机，守塔人刚才说的一句话忽然再次闪过我的脑海，心里不由得一惊：他怎么知道我是坐末班车来的？

同时我又想起，在塔顶时，他的胸前挂着一架双筒望远镜。

"赶紧吧。错过最佳拍照时间可就太遗憾了。"

我还没理清头绪，他已经放下白衬衫的袖口，不住地催促道。

"好的，马上就好。"我一把抓起相机，跟在他后面出了门。

我一边走一边自责：我到底在胡思乱想什么啊？他怎么可能监视我呢？

3

小泉先生催得很急，但离落日似乎还有一些时间，赶了好久的路，太阳还斜挂在天边。我不由得心生懊悔：早知如此，还不如把背包带上呢。

我们一边俯视着右手边的海岸，一边在丛生的杂草中艰难前行。

"这前面有个地方，花开得特别漂亮。"远处有座隆起的小山包，小泉指着那里说道。他对时间似乎并不是很在意。

我们越过一座小丘，并没有看到什么鲜花盛开的地方。正当我四处张望时，小泉指着前面说道："看，就在那里。"

沿着他手指的方向，我才看见一处面向大海的斜坡之上铺满了白色的鲜花。

"走吧。"小泉冲我招招手说道。

"不用了，到这儿就可以啦。时间快来不及了。"

"这样啊。那我们就在这儿看夕阳吧。"他一屁股坐在了草地上,我也跟着在旁边坐下。

"小泉先生经常到这里散步吗?"

"可不是吗,这地方我特别喜欢,来多少趟都不会腻。各个季节有什么值得观赏的景色我都了如指掌。这可是大城市里的人体会不到的乐趣。"

"真让人羡慕。"

"是吧?你也趁这机会好好体验一下吧。"

"好的。"

我点点头,趁机瞄了一眼手表。眼看就快到巴士到站的时间了,我的心又飞回了灯塔那边。

"今晚住的地方定好了吗?"小泉似乎看穿了我的心思,开口问道。

我摇了摇头,回答说正因为这样,才想尽早返回×车站。

"这样的话……"他说,"今晚你就住在这儿怎么样?"

"住在这儿……你是说,住在灯塔里?"

他微笑着点了点头。

"塔里有简易的卧室,我们平时就睡在那里。睡两个人完全没问题,只不过没那么干净就是了。"

"不,这不太好吧。"

"没事的。之前不是说过吗,我平常都是一个人,特别想找人聊聊天。"

"但是……"

"你就听我的吧。没必要专门花大钱去住酒店嘛。"

"那……今晚就打扰您啦。"

我这时满脑子想的是，在灯塔里住一晚，这可是真正值得拿出来讲的旅行轶事。到时看佑介还敢不敢说我是只敢住大酒店的公子哥。

"好嘞，就这么说定了。咱们还得考虑晚饭怎么解决的问题呢。一起去买点吃的吧？"

说着，小泉站起身来。我慌忙拦住他："那个……海上落日还没看到呢。"

"啊，对对。是我自己提议看落日，反倒把这最重要的事忘记了。"

他苦笑了一下，又坐了回来。

太阳慢慢落进日本海中，我不停按动快门，将这美好的一幕完全记录了下来。随后，我们转身离开了海边。来到大路上，又走了十分钟左右，眼前出现了一家小小的食品店。

"虽说是旅行，也没必要刻意去找土特产之类，那些不过是自我满足而已，重要的是好好体验各地的风土人情。"

小泉一边说，一边把速食咖喱酱和沙丁鱼罐头等扔进购物篮里。大老远到这里却要吃速食品，我稍稍有些不快，但也没能宣之于口。

走出食品店,他又来到隔壁的酒馆,买了两瓶一升装的当地佳酿。

"能在这里碰见,我们也算是有缘,今晚就喝个痛快。你能喝酒吧?"

"嗯,能喝一点。"

虽然回答得挺谦虚,但其实我的酒量很大。连我自己都不知道这是怎么回事,可能是遗传的原因吧。

从酒馆出来,我看到隔壁食品店的员工已经开始收拾东西准备打烊了。不止这一家,周围的商店也都纷纷在上板关门。天慢慢暗下来,空荡荡的路上只剩下我们两个行人。

路过巴士站时,我无意间看了一眼运营时刻表,发现还有前往×站的临时巴士。我不由得停下脚步,看了一眼手表,离出发大约还有十五分钟。

"怎么了?"走在前面的小泉停步问道。

"小泉先生,我还是走吧。好像这里还有临时巴士可以乘坐。"

"你说什么?"小泉走了回来,盯着时刻表看了半天,又低头看向我,紧皱眉头问道,"但你没地方住吧?"

"这件事总有办法解决的。只要到大的火车站附近,应该会有商务酒店。"

"太没意思了！"他连珠炮似的吼道，"那种旅行方式太没意思了！不就是乱花钱吗？别多说啦，你就住我那儿！"

"但是……"

"吃的东西都买过了，酒也备好了，你就别说扫兴的话了。而且你一个学生，总是住酒店也太奢侈了。"

小泉的声音里明显含着怒意，我有些害怕，不明白他为什么发这么大的火。难道是因为自己大发善心，决定帮助单身旅行的学生，最后一番好意却被辜负？

如果真是这样，或许我应该老老实实地接受他的安排。

"好的。那我就打扰啦。"

"对啦。这样才对嘛。"

小泉重重地点了点头，两手抱着食物和酒，继续迈开了脚步。

回到灯塔，我们立即开始准备晚饭。其实也就是热一下咖喱，把罐头里的沙丁鱼倒进塑料餐盘而已。这里根本连像样的炊具都没有，我用水果刀切奶酪，却发现连刀都卷刃了。

晚餐准备好以后，小泉拿出两个杯子，满满地倒了两杯酒。

"为你一个人的旅行干杯。"

"谢谢。"

我们"叮"地碰了一下杯。

第一瓶酒眨眼就被喝干了。小泉不仅自己喝得快，劝酒也相当有一套,硬逼着我喝了不少。

"不是,你挺能喝的啊。"他边打开第二瓶的盖子边说,"经常喝酒吗?"

"没有啦。不过我不讨厌喝酒。"

"你最喜欢喝哪种酒?威士忌吗?"

"没有什么特别的喜好,倒是我有个朋友,除了波旁威士忌什么酒都不喝。"

没错,我说的是佑介。

"嗯……我只喝日本酒。威士忌啊白兰地什么的,就是贵,其实一点都不好喝。"

说着,他又给我倒了一杯。

我们边喝边聊,话题从彼此身边的事开始,慢慢延伸到文化、体育,还大声发泄了对当前政治的不满……明明刚才还是素昧平生的陌生人,现在却聊得热火朝天,这给我带来了前所未有的紧张与兴奋的体验。

第二瓶也喝了一半多。

"对了……"

小泉的唇边挂着一抹意味深长的笑意,他的眼神有些迷离,应该是有些醉意了。反倒是我,感觉还清醒得很。

他竖起小拇指,问道:"你有那方面的经验吗?"

"啊,这个嘛,算是有吧……"

"什么嘛。什么叫'算是有'啊？说得含含糊糊的。有女朋友吗？"

他脸上依然挂着嘲弄的笑，盯着我等待答案，两颗门牙的牙缝里塞着刚才吃的沙丁鱼皮。

"现在没有，不过高中时交往过一个。"

"哦？那为什么分手了？"

"也没什么特别的理由。她父亲到海外工作，所以她也跟着去了美国的大学，从那以后就再也没见过面了……"

话说到这儿，小泉哈哈大笑起来。

"说了半天，其实不就是被甩了吗！"

"但是我们现在还有书信往来。"

"是吗？不过单靠书信……"

他又把自己的杯子倒满，一口气喝掉一半，然后用手背擦擦嘴角，继续说道："那，你们发展到哪一步了？"

"到哪一步……什么意思？"

"别装傻啦。你们做过没？肯定尝过她的味道了吧？"

"啊……"

他问得太露骨，我一时不知该不该实话实说。我抱住她身体的时候，完全没有得偿所愿的满足感，因为那是第一次也是最后一次，是我们告别时的仪式。

"这个……就留给你自己猜吧。"思前想后，我给出了一个模棱两可的答案。原指望能蒙混过去，可惜他依旧不依不饶。

"啊，看来是做过了。"他很满意似的连连点头，随后又抬起头来问道，"那是你的第一次吗？"

我差点被酒呛到，答道："这个也留给你自己猜吧。"

"真没意思，你就老实讲嘛。大家都是男人，有什么好害羞的？哈哈，看来还是酒喝得不够，应该多买一瓶的。"

他拿起酒瓶朝我歪过来，我条件反射似的递上了杯子。慢慢地，和这个守塔人同处一室开始让我觉得痛苦起来。

4

从决定在灯塔过夜的时候起，我已经做好了泡不成澡的心理准备。看这灯塔的条件，估计最多也就是能洗个淋浴。所以小泉去烧泡澡水的时候，我着实有些吃惊。

"赶紧去洗一洗吧。泡澡最能解乏了。"

浴室在走廊的另一头。我问小泉更衣室在哪里，他苦笑着回答："这地方从来都是只有一个人，所以没有必要设什么更衣室。你在这儿脱就是啦。"

"那,不好意思啦……"

我在观测室里脱下衣服,放在长凳上叠好。随后从背包里拿出洗浴用品,穿着三角裤走向门口。

"怎么啦?把内裤也脱了再去呗。"小泉的声音在背后响起。

"不用了。我简单地洗一下就好。"

"就算是这样……算了,随你吧。"

浴室比我想象中的还要狭小阴暗。最里面有个圆筒形的浴桶,似乎是旧汽油桶改造的。浴桶前面有几十厘米宽的空间,可供淋浴。

我小心翼翼地进到浴桶里,一边搓洗身体,一边还要提防碰到墙壁和水龙头。突然,身后的门被推开了。

"水温怎么样?"小泉问道。

"刚刚好。"

"那就好。我给你搓搓背吧?"

"不,不用啦。"

"别客气嘛。"

"不是客气,我已经自己洗过啦。"

他沉默了几秒,低头注视着我。察觉到他的目光,我问道:"怎么了?"

"啊,没什么。我去铺床。"说完,他带上门出去了。

泡过澡后，我又穿上了原来的衣服。我自然带了替换的衣服，但不知道睡觉的房间干不干净，我可不想把干净的衣服弄脏。

正坐在长椅上看书，小泉走进了观测室。

"隔壁房间就是卧室。你先过去吧，床上的毛毯随便用。我去泡个澡。"

"谢谢您啦。"

我把书收起来，来到了隔壁房间。这里只有三张榻榻米大小，床上铺着几床毛毯，也不知道哪一床是用来铺的，哪一床是用来盖的。我只能随便找一条裹住身子，躺了下来。

这房间没有窗户，我望着斑驳的天花板发呆。过了大概五分钟，小泉走了进来。

"您这么快就泡完了？"

"啊，就是洗洗汗水而已嘛。"

小泉只穿了一件跨栏背心和一条内裤，显得肩膀和手臂的肌肉更加咄咄逼人了。关上灯，他在我身边躺了下来。

闭上眼睛静静地躺了一会儿，我能感觉到自己正慢慢沉入梦乡。过了这么久，酒精似乎终于发挥作用了，我昏昏沉沉地想起了家里人——爸爸、妈妈和妹妹，他们肯定做梦也想不到我会在这种地方过夜。

随后远赴美国的女友也出现在了眼前。她的身体是那么柔软，拥抱时的触感是那么真实，还有攀上顶峰时的快感……

就在这时，我猛然醒了过来，下腹部传来异样的触感。

我慢慢扭过头去，想看看发生了什么事情。下一瞬间，我的眼睛瞪得溜圆，睡意顿时一扫而空。

不知什么时候，我的牛仔裤拉链已经被拉开，一个人正隔着三角裤抚摸我的私处。

房间里只有两个人，那个人毫无疑问就是小泉。

再定睛一看，小泉的头就靠在我的腰上。

我的心咚咚直跳，身体像结了冰一样僵硬冰凉。

原来是这么回事！

直到这时，我才明白守塔人的目的。仔细想来，我不过是一个和他素昧平生的学生，他根本没有理由对我这么热情。毫无疑问，他用望远镜观察过每一个从巴士上下来的乘客，然后从中挑出了自己喜欢的年轻男子——那个人就是我。

我吓得浑身直冒冷汗，赶忙逼着自己冷静下来，思考该如何是好。这种情况下肯定不能随便反抗，惹怒了他，难保他不会使用暴力。看他那一身大猩猩般的肌肉，我肯定是没有胜算的。

我感觉到三角裤被手指掀开，下身凉飕飕的——不能再犹豫下去了！我装作说梦话的样子，嘴里嘟嘟哝哝的，翻身给了他一个背脊。他似乎也吃了一惊，猛地把手缩了回去。

我面向墙壁，大气都不敢出。由于不知道他下一步会怎么做，恐惧和不安在头脑中不停盘旋。尤其背对着他，更让我觉得压抑和恐惧——他会不会趁机褪下我的牛仔裤，脱下我的内裤？我很想拉上拉链，但这么做又会让他察觉到我已经醒来。对我来说，目前唯一值得庆幸的就是他没有打算用蛮力制伏我，还准备等待猎物睡熟后再出手。

没等我想出办法，他已经有了下一步的动作。他把手伸到我的腰上，开始慢慢抚摸起来。这么做无疑也有试探我有没有睡熟的目的。事到如今，肯定不能再一动不动了。

我下定决心，"嗯"了一声后又翻了个身。确定他的手再次缩回去之后，我干咳了一声，懒洋洋地支撑起上半身，然后装出正熟睡中被吵醒的样子，刻意揉揉脸，伸了个大大的懒腰。偷瞧一眼，他正趴着装睡。

我小心地提醒自己不要操之过急，手脚并用地爬到门边，运动鞋都没敢提上。来到外面，我立即打开了对面厕所的门。这么做当然不是为了上厕所，打开灯又关上门后，我蹑手蹑脚地溜进了观测室。

把行李放在这儿真是太好了！我穿好运动鞋，拉上牛仔裤的拉链，打开铝制窗，先把背包扔到外面，自己也顺着窗框爬了出去。

但是，想要逃离还有很长的路要走。灯塔四周是两米多高的水泥围墙，大门的高度也差不多。我背着背包，用尽全身力气爬了过去。

我感觉那家伙就在身后，马上就要追过来了。从大门跳下来，我拼了命地跑了起来。路上没有街灯，我只能靠一点月光来辨认方向，但想到黑暗有利于自己隐匿行踪，我反而更有了信心。

当天夜里，我在离巴士站不远的草丛里钻进睡袋里凑合了一晚。巴士站有顶棚，也有长凳，但想到如果睡在那里，只要小泉追来立刻就会发现我，我就心惊胆战，无论如何都不敢睡在那里。

天刚亮，头班巴士就停在了站上，我揉着惺忪的睡眼上了车。昨晚一夜都没合眼，上车之后我就开始打盹，但刚要入睡，就会梦到被小泉追赶，立刻惊醒过来。

坐在巴士里，我一边看着窗外，一边嘟哝着，这鬼地方我再不会来第二次了。

到达×站，我乘上电车，去往了和佑介约好的车站。我很快找到了他说的咖啡厅，坐在里面等他，同时思考如何跟他讲述昨晚发生的事情。这么奇特的体验，即便是佑介也要大吃一惊吧。

佑介迟到了大约三十分钟，但他一句道歉的话都没有，屁股刚一沾座位就迫不及待地说:"昨晚真是太棒了！

他笑嘻嘻地掏出香烟，接着说道："在远野约到的那个女招待，自个儿住在盛冈，昨晚我就住在了她家。她可真是不错，年龄虽然只比我大一岁，可是经验丰富得很呢。"

"这样啊……"

"一个人旅行，就是得有这样的艳遇才有趣。你那边怎么样？有没有什么新鲜事可以分享？"

"嗯，还是有的。"

一瞬间，我的头脑里闪过一个想法。这个想法太过邪恶，已经远远超出了恶作剧的范畴，但就是牢牢抓住了我的心，挥之不去。

"什么事？说来听听。"

"嗯，比如说中尊寺……"

我把昨天之前的经历细细讲述，佑介听到中途忽然哑然失笑。

"和我想的一样，真是一场优雅的旅行啊。你就不想尝试一下冒险？"

"没有机会啊。啊！但是昨晚有件事情很可惜。本来有机会在一个古怪的地方过夜的。"

"古怪的地方？"

"是一座灯塔。"

我把昨天去那个小岬角的事情讲述了一遍，只不过把故事结局改成了自己在×车站附近的酒店住了一宿。

"在酒店里我听别的游客说,只要和守塔人聊得来,灯塔可以让旅客留宿,而且不收餐费和住宿费。但是,听说很少有人能享受到这个待遇。在环游东北的单身游客之间,这灯塔几乎已经成了传说。"

"这事情,有意思啊。"

如我所愿,佑介表现出了很大的兴趣。"那我今天也去看看吧。"

"你没问题吗?听说那守塔人可是恐怖得很呢。"

"没问题。你当我是你啊?"

佑介歪着嘴笑了起来。

5

和佑介分别后,我继续北上到达青森,游览过恐山后又回到青森,住进了一家商务酒店。在浴室里,我一边洗澡一边想象这会儿灯塔里两人喝酒的情形。

守塔人今晚肯定还会买那种当地产的酒,佑介无疑还是喝波旁威士忌。威士忌加冰，那是他的最爱。

佑介的酒量也很好。正常的话，他和我一样，不会喝一点就烂醉如泥。

但是今晚可不一样。

早上和他见面时，我稍微做了一点手脚。趁他上厕所，我从他的背包里取出波旁威士忌的酒瓶，把我随身携带的安眠药放了进去。

所以今晚，他一定会沉睡不醒。

第二天，我乘坐巴士越过八甲田山，在奥入濑下车，步行到了十和田湖，路上碰到了许多和我一样沿着溪流散步的学生模样的年轻人。乘坐观光船横渡十和田湖后，我又乘坐巴士前往十和田南，在那里搭乘花轮线到达了盛冈。

在盛冈，我住在了一家兼作荞麦面馆的旅店。这里有种著名的小吃叫作椀子荞麦面，盛在一口就能吃尽的小碗里。我挑战了一把，足足吃了七十二小碗才放弃。扶着快要撑破的肚子回到房间，我打开电视机，心不在焉地看着新闻。忽然一则报道映入眼帘，让我大为震惊，几乎跳了起来。

以上就是十三年前那件事的概要。

从电视上看到新闻后，第二天一大早我就去买了报纸，还把相关报道认真剪下，夹在了东北地区的导游册中。

那张剪报，现在就贴在这本相册里。

看过它的人，除了我就只有佑介了。那次旅行回来后，我们两人相互展示过自己在旅途中的收获。

他的相册里，照片只记录到了那处小岬角为止。而他看我相册的表情，我一辈子都不会忘记。

关于我剪下新闻并贴在相册里的举动，佑介什么都没有说，也没有问我为什么要这么做。

我也什么都没有说。

关于这件事，恐怕我们两人都会永远藏在心里，不会相互谈起。这样最好。

合上相册之前，我又把那则十三年前的新闻读了一遍，里面报道的是小岬角的灯塔守塔人被刺死的案件。

凶器是一把水果刀。新闻里没有具体描述，但我知道，那应当是一把卷刃的水果刀。

据警方推测，被害人的死亡时间在早上五点到八点之间。案发现场在灯塔内的简易卧室内，现场没有打斗过的痕迹，被害人可能是在睡梦中被杀害的。

此外，在卧室内的毛毯上，还发现了被害人的精液。

我对守塔人曾射精一事很感兴趣，可惜没法亲自向佑介求证。

我静静地合上了相册，下次再打开它不知又会是什么时候了,或许是十年后,也可能是二十年后。

但不管怎样,我和佑介之间"挺好的关系"都会一直持续下去。

结婚喜报

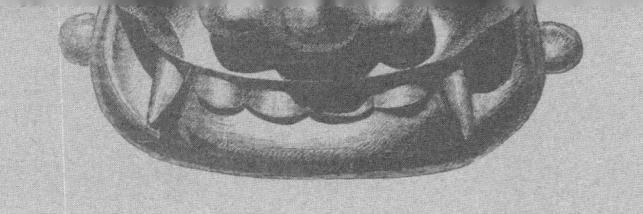

然而有两点令人费解,首先是那张照片,其次是典子不告诉曜子自己已经结婚的理由。依照常理,典子的婚讯应当是老友见面时首先要说的核心话题。莫非典子有意隐瞒?她为什么要这样做?

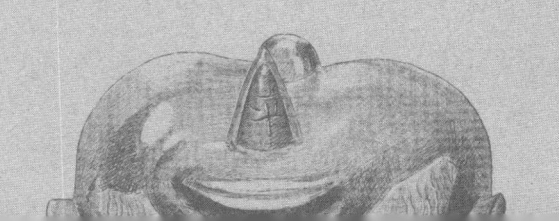

1

我可不认识什么山下典子,智美心里纳闷,拆开蓝底印花的信封,一张信纸了掉出来。看着上面密密麻麻、圆滚滚的小字,智美心里咯噔一下——嗯?莫非是那个典子?她有些焦躁,迫不及待地阅读起来。

这封信果然是自己认识的那个典子——长谷川典子寄来的。

"智美,好久不见,你还好吗?之前一直让大家为我操心,这次我总算嫁出去了。回想起来,这些年起起落落,吃过亏也上过当,真是走了不少弯路。

"眼看要到三十岁这个大关,山下昌章先生解救了我。他是新潟人,比我大一岁,和我在同一个公司工作。我俩就是所谓的办公室夫妻。

"智美大概也知道,我理想的对象应该眉清目秀,鼻梁高挺,唇红齿白;皮肤被太阳晒成健康的巧克力色,还要光滑紧致,不能有粉刺之类碍眼的东西;肩膀结实,臀部紧致,身材高大得像运动员一样。山下和这些条件可以说完全不沾边,介绍给朋友时，得到的评价永远是'像个老实人'。不过他体格还算好，工作又努力，做丈夫也算合格。只是他喜欢收集蝴蝶标本，这爱好我实在无法理解。狭小的两居室里到处摆满了恶心的标本盒，真叫人头疼。前几天我还嘱咐他，现在生活艰难，这些兴趣爱好必须适可而止，毕竟这边的物价可不便宜呢。

"智美现在过得怎么样？你那么有主见，肯定按自己的想法，正在职场上大展身手吧？我知道你工作忙，不过如果有机会来这边，一定要到我家来玩。"

信的末尾，典子又补充道："为了不花冤枉钱，我们没有办婚礼，随信附赠我与他的合影一张。"

——哼，什么按自己的想法大展身手，无非想说我是个嫁不出去的老姑娘吧？

把来信连读了两遍，智美在心里讥诮道。不过她并没有真的生气，她和典子两人在学生时代就经常这么相互取笑，已经习惯了。

两人是东京某短期大学的同学。智美住在埼玉，每天要花大约一个半小时到校上课；典子则是石川县人，只能在学校附近租房住。因此有时智美在东京玩得太晚，都会到典子那里借宿一晚。

毕业后，智美就职于一家小出版社，开始独自在东京打拼。典子则因为东京的生活压力太大，又想陪在父母身边，便回到老家，去了到父亲工作的公司上班。

　　上次见面是多久以前了？智美想了想，似乎是三年多以前，典子有事来到东京，和几个朋友见了一面。当时到场的人只有智美和典子依旧单身，其余的都已经结婚，有位同学甚至已经生了两个孩子。或许是出于这个原因，智美全程都在和典子聊天。其他朋友都在夸耀自己的丈夫、孩子，话题无聊得很。

　　那个典子，终于也结婚了。

　　——唉，连她也迈出这一步啦。

　　智美叹了口气，看向信封——里面放着一张照片。虽然在信里典子对丈夫诸多贬损，但会不会是故意说反话？带着一丝忐忑，智美取出了照片。照片上有一男一女，男的虽然算不上帅气，但身材高大，微眯着眼睛的笑脸显得很有亲和力。

　　——这不是挺好的吗？典子。

　　心里想着，智美把目光转到了女子身上。一看之下，智美不由得惊叫出声："什么情况？"

　　照片里的人不是典子。身材和长发有些相似，但面孔完全是另一个人的面孔。

　　这是怎么回事？

　　智美不可思议地把脸凑到了照片上——其实不这样做，也完全能看得清。照片拍下了相互依偎的两人的上半身，背后是高大的金泽城。

——不对，这不是典子。这粗心鬼，怎么会寄这样的照片过来？

智美把信和照片摆在面前，百思不得其解。会不会是装错了照片？但怎么想都觉得不可能，典子从学生时代起就是个谨慎的人，不应该犯这种错误。

智美越想越觉得不对，忍不住拿起了桌上的无线电话。现在是晚上十点，打过去应该还不算打搅。

信的末尾有写电话号码，智美拨过去，等待接通时忽然想到：会不会是典子整容了？如果真是这样，就不太好问出口了。

可是——智美又转念一想，典子算是个美人，根本没有必要整容；而且以她的相貌，再怎么整容也不可能变成照片上的样子。

拨号音响了两三声，智美期待着典子那开朗的声音传来，结果令她大失所望，电话始终没能接通。

——可能是出门了吧。

智美懊丧地挂了电话，心里抱怨着：买个电话留言服务不好吗？

第二天智美下班后，又朝典子家里打去电话，然而和昨天一样，听筒里只传来了嘟嘟的忙音。

智美猜测，会不会是典子经常在晚上出门？于是接连两天，都在白天偷偷从公司打过去，结果电话那头依旧是无人接听。

这下子智美担心起来。不接电话还有法子解释，那张照片的事却无论如何都说不通，叫人浑身起鸡皮疙瘩。

最好是能和典子的娘家取得联系，可惜智美又不知道对方的地址和电话号码。

——唉，真伤脑筋。到底要怎么办才好啊？

智美又读了一遍信，目光停在了"如果有机会来这边，一定要到我家来玩"这行字上。

——事到如今，只能亲自跑一趟了。可惜现在不是旅游的好季节。

智美看了一眼墙上的挂历——九月二十二日，明天就是周五了。

2

智美从羽田到小松机场大概飞行一个小时，从小松站乘电车到金泽只花了三十分钟左右，交通十分便利。智美满意地想，这倒是条很适合一个人旅行的线路呢。智美曾在学生时代独自来过这里，那时的她年轻漂亮，无论走到哪里都会有男孩子搭讪。有些人装得云淡风轻，拐弯抹角地问"从哪儿来啊？""一个人旅行吗？"之类的问题；有些则直截了当，邀请她"要不要一起去玩？"或"载你一程啊"。最让人喷饭的是，有个男孩子居然问："我知道五木宽之[1]常去的那家咖啡馆，带你去参观一下吧？"你又不是早稻田大学的学生，和五木宽之攀什么关系啊？强忍住反唇相讥的冲动，智美只是简单地回绝道："我没什么兴趣。"言下之意是，我对你也没什么兴趣。智美至今仍依稀记得那个男孩子尴尬的表情。

到达金泽站时是上午十点多。智美心里暗叹，原本这个时间，自己应该是在取稿的路上，怎料却出现在了这里。昨天深夜，她给社长打电话请了几天假。那个光头似乎很享受在公司外和年轻女性交流的感觉，表现得异常兴奋，操着老家的关西腔，"好嘞好嘞"地满口答应。

现在去酒店办入住还太早，智美便将行李丢进投币式行李存放柜，向出租车乘车点走去。乘上出租车，智美把信上写的地址给司机看，说"请去这个地方"。司机立刻接口道："啊，这是在玄光院附近。"智美并不清楚，随口敷衍道："应该是吧。"

金泽的道路平坦笔直，两旁高楼林立，看行人的穿着打扮，和东京几乎并无二致。不同的是，离开主干道往城市深处走一

---

[1] 日本小说家，毕业于早稻田大学。——编者

走，就能邂逅许多神社和古代武士的旧居。好不容易来到这里，智美很想好好游览一番，但现在还时机未到，先解决典子的事才是正经。

越过犀川，在高低起伏的狭窄坡道上曲曲折折地行驶了数分钟后，出租车放缓了速度。

"应该就在这附近啦。"

"那请在这儿停车吧。"

智美下了车，四下望去，只见周围都是古旧的木建筑，一名中年妇女正在家门口晾衣服。智美挤出一个笑容，去找她问路。

中年妇女解释得含混不清，智美找了许久才到达目的地。眼前是一座两层的小公寓楼，每层各有四户住家。公寓楼似乎是新造的，墙壁白得晃眼，而且在传统日式建筑的包围下，显得颇为扎眼。

典子家在二楼最内侧的位置，门上挂着"山下昌章、典子"的名牌。智美两次按响门铃，屋内传出"叮咚叮咚"的声音，却没有人来开门。

——果然不在家。

智美查看了一下信箱，里面并没有报纸堆积，看来是主人长期外出，已经提前通知过邮递员了。当然也可能是两人刚刚住在一起，还没来得及订报纸。

正在思考下一步的举措，楼梯上传来了脚步声，智美循声望去，只见一名身材瘦削的男子出现在楼梯口。他身穿合体的藏青色西装，梳着一丝不乱的中分发型，很有些老派银行员工的风范。

男子瞥了智美一眼，来到典子夫妇家隔壁的房间，掏出钥匙打开了房门。

"打扰一下。"

听到智美出声招呼，男子握着门把手，转头望向她。

"什么事？"

"请问您是住在这里吗？"

"是的。"

男子的眼睛里写满了警惕。智美没有退缩，继续问道："请问您知道住这里的夫妇去哪里了吗？"

"不知道。"男子不耐烦地回答。智美仍旧不死心，问道："您和他们见过面吗？"

男子的右颊猛然抽动了一下。

"见面的话，他们刚搬来时到我家来打过招呼。"

听他这么说，智美从包里拿出照片递给男子，问道："是这两个人吗？"

男子接过照片瞥了一眼，立刻答道："啊，没错。"

智美如遭重击，赶忙平复心情，问道："您仔细看一下。应该不是这个女人吧?"

"你到底想说什么?"男子的表情变得凶狠起来。

"不,那个……没什么。打扰您了。"

男子不再理会智美,开门进屋,"砰"的一声关上了门。

——这究竟是怎么回事?典子,你到底在干什么啊?

智美茫然若失地走下楼梯。无意间抬眼望去,一块写着"吉房招租,河源房地产,电话:××××××"的广告牌映入眼帘。

3

房地产公司坐落在面向犀川的大道上。和别的公司一样,玻璃门上贴满了各式各样的房屋介绍广告。

听智美讲自己专程前来探访朋友却扑了个空,又不知道对方其他的联系方式,戴着眼镜的中年老板颇为同情,立刻调出了山下夫妇的资料。按规定,这些资料肯定不能随意向外人透露,但老板似乎闲极无聊,对智美格外热情。

很快,她们就查到山下昌章所在的公司及租房担保人典子父亲的住址。据老板说，昌章的父母都已经过世。智美心想，不用伺候公婆，典子也太幸福了吧！

谨慎起见，智美又询问老板是否与山下夫妇见过面。

"我只见过山下先生，没和太太照过面。有什么问题吗？"

"没什么，只是随便问问。"智美赶忙掩饰道，将联系地址抄在了记事本上。

"接下来，你要联系山下先生？"等智美抄写完，老板开口问道。

"是的。"

"那，能不能帮我问问什么时间方便去给他们换锁？"

"换锁是吗？我记住了。"

老板帮了这么大的忙，智美自然不能拒绝老板的请求，干脆地答应了一声，走出店来。

来到一处公用电话亭，智美立刻拨打了昌章公司的号码。这次运气不错，接电话的正是昌章本人。智美自报家门后，对方似乎并不陌生，说明和他结婚的典子果然就是智美的好友——长谷川典子。

听说智美已经来到金泽，昌章支支吾吾地"唔"了一声。

"我想见见典子，两位却都没有在家，就从房东那里问到了您公司的电话。"

"这样啊……其实，典子恰好今天出门旅行去了，说是要和朋友在外面住两晚。真是不好意思，如果早点知道您过来，我肯定不让她出门了。"

"可是我来之前打过好多次电话，一直没人接听。"

"啊……是吗？她经常出门，有时也会回娘家住，所以可能您打电话时她刚巧不在。"

撒谎！智美心想，而且演技拙劣得很。

"我想联系一下典子。"

"这个……我没问她今晚会住在哪里……"

"那请把与她同去的朋友的名字和住址告诉我。"

"这个我也不清楚。那个……我正在工作，就这样吧。典子回来后，我会让她跟您联系的。"

就这样怎么能行？！但再问下去也是徒劳，对方只会用谎言来敷衍自己。智美只好简单地说："好吧。麻烦您替我向典子问好。"随后她便挂断了电话。

"真是的，到底是怎么回事啊！"

智美一边嘟嘟囔囔地抱怨，一边拨通了典子娘家的电话。接电话的是典子的母亲，她也认识智美。智美先说了几句恭喜之类的客套话。

"谢谢你啦。他们连婚礼都没办，真是太失礼了。"

"没关系的。其实我这次打电话来，是想问典子在您那里吗？我来金泽找她，她没有在家。"

电话的另一端陷入了沉默，典子的母亲似乎在犹豫什么。不祥的预感涌上智美的心头。

"那个……那孩子大概去旅行了吧。她之前好像和我说过。"

"旅行……去了哪里？"

"我没有问。真是对不住，你专程过去，却要白跑一趟。"

"您别介意。我只是恰好出差到这里，顺路过来看看而已。"

走出电话亭，智美环抱胳膊，默默地俯视着犀川。

——典子，你到底去哪里了？去哪里是你的自由，但不要随便给别人出谜题啊！

谜题，就是那张照片。

一直呆呆地站着也无济于事，智美决定边走边思考下一步的计划。这附近被叫作寺町，地如其名，寺庙众多。智美对神佛不感兴趣，便走进了一家土特产店。漫步在各式各样的九谷烧茶碗和花瓶中间，智美快速地扫视价格，发现也并不怎么便宜。店里还出售忍者人偶、掏耳勺、痒痒挠等，智美不解，便问老板娘怎么会有这么多和忍者相关的商品。老板娘回答，这是因为前方有一座俗称"忍者寺"的著名寺庙。

"寺庙里有反转大剧场，还有迷宫什么的，特别有意思。很值得去一趟哟！"

尽管老板娘热情推荐，智美却完全没这个心思。再说，一个人去玩也没什么意思。

在附近的茶餐厅草草吃过午餐,智美便返回车站取了行李,随后住进了酒店。来到房间时已经是下午四点,智美一头栽进了单人床里——从早上跑到现在,她早已疲惫不堪。

——来都来了,总不能空手回去。明天到兼六园、石川近代文学馆,还有武士旧居去转转,再买点土特产什么的吧。

一时间智美有些懊恼,自己到底是干什么来了?因为担心典子专程赶来,却连对方的人影都没见到。自己觉得典子出了事,她的家人却又说她只是外出旅行去了。

——难道典子真的去旅行了?大家都没有撒谎,那张照片只是无心之失……

不对,其中肯定另有隐情。即便是外出旅行,也完全没有隐瞒行踪的道理。而且,要多不小心才会错把别人的照片寄出去?最让人不解的是,隔壁那个男人居然还说照片上的两人是夫妇。

"真是搞不懂!"智美烦得直挠头。

到了晚上,智美往自己家里打电话,查看电话留言。在外旅行时,她天天如此。今天有几条工作相关的信息,还有办理信用卡的广告留言。

"要那么多卡干吗用啊?"

智美嘟哝了一句,等待下一条留言——

"智美，我是典子啊！我来东京了，可惜你不在家，真是太遗憾了。只能下次再见啦。"

4

智美打了一圈电话，终于在曜子那儿找到了线索，她说白天和典子见过面。曜子和两人也是大学同学，早就结了婚，如今正专心做家庭主妇。

"她今天给我打的电话，我们在涉谷见了一面。她说来东京也没什么要紧事，而且事情已经办妥，就想找老朋友聊聊天。"

"你们聊了些什么？"

"也没聊什么特别的，不过挺开心的。"

"她没说什么吗？比如关于家里的丈夫。"

"丈夫？我丈夫吗？"

"典子的丈夫啊。"

"啊？！"曜子像鸟一样尖叫了一声，"她不是还没结婚吗？"

这下轮到智美意外了。"你们聊了那么久，连她已经结婚都不知道？"

"可是，典子没告诉我啊。再说大家都知道，在你俩面前不能提结婚的事情。"

智美顿时火冒三丈，又赶忙忍住，接着问道："那典子告诉你她接下来要去哪儿了吗？"

"嗯……她没说，只是说她还不知道今晚该住哪儿呢。"

听到这话，智美吃了一惊。典子给自己打电话，肯定是今晚想在自己家里借宿。

"曜子，你帮我个忙好吗？"

"什么忙？"曜子语气里有些退缩。

"我想请你帮忙找到典子。她这会儿应该还在东京，说不定正在哪个同学家里借宿。你帮我挨个打听一下行不行？"

"为什么啊？"

"我想要尽快联系上她。拜托啦，帮帮忙。具体情况回头再跟你解释。"

"那你自己找她不就好了？"

"就因为我自己不方便，才拜托你的嘛。我现在人在金泽，没法子联系上所有人。求你了，曜子。"

"……嗯，你在金泽啊。"

这下连曜子也察觉到事情不寻常了。沉默片刻后，她说："以后真的会把事情都说给我听？"

"当然当然。"

曜子这才叹了口气，说道："真拿你没办法。把你那边的电话号码告诉我，我找到典子就让她给你打电话。"

"麻烦你啦。"智美报上酒店房间的电话号码，又问，"对了，典子的脸看着怎么样？"

"脸？好像瘦了点。她的脸怎么啦？"

"嗯，没什么。这事情就拜托你啦。"智美放下电话，松了口气。

说不定什么事都没发生，典子只是为了散心才到东京去的。这样的话，昌章和典子的母亲便都没有撒谎。这也是智美最希望看到的结果。

然而有两点令人费解，首先是那张照片，其次是典子不告诉曜子自己已经结婚的理由。依照常理，典子的婚讯应当是老友见面时首先要说的核心话题。莫非典子有意隐瞒？她为什么要这样做？

——总之现在只能等着典子来电话了。智美面朝房间的电话机双手合十，在心里默默祈祷。

然而，电话铃一整晚都没有响起过。

第二天清晨，电话铃终于响了。煎熬了一晚上的智美还没起床，便抓起话筒懒懒地说道："你好。"

"智美吗？是我啊，典子。"

智美从床上一跃而起。"我一直在找你呢！"

"我听说啦。咱们这次一不小心错过了呢。"

"典子,我有事想问你。可能不是什么大事,但我始终放心不下,就是关于你结婚的事。"

"结婚?"典子的声音低了下去,随后说,"智美,你为什么会知道我已经结婚了?"

"嗯?你不是给我寄了信吗?"

"信?"隔了一会儿,典子说道,"我没给你寄过信。"

"这……"

两人都陷入了沉默。智美握着听筒的手渗出了汗水。

5

上午十一点过五分,典子出现了。智美站起身来朝她挥挥手,典子也立刻发现了她,走了过来。

不久前典子从羽田机场打来电话,原本她就计划今天返程,恰巧智美也在金泽,两人便约好了十一点在智美所在酒店一楼的咖啡厅见面。

"好久不见,你怎么样?"

"凑合吧,还在那家小出版社混日子呢。"

寒暄了几句之后,典子先切入了正题:"智美,你在电话里说的事情……"

"对了,那件事。"

智美把信和照片摆在桌上,典子看后瞪大了眼睛。

"它们怎么会在智美这里啊?"

"都说是你寄来的了。"智美随即一股脑地把自己看到信后的疑虑,以及因为担心典子而东奔西走的经过讲述了一遍。

"这不是我寄的,"典子摇了摇头,"但信是我写的。"

"嗯?这是怎么回事?"

"我想把结婚的事情告诉你,才写了这封信,但是最后没有寄出去。"

"那寄信的会是谁呢?"

"可能是那个人吧。"典子歪着头,向智美耸耸肩,一脸不屑地说道。

"等一下,如果真是这样,那你先生可够糊涂的,居然把完全不相干的照片附在信里。"

"我也不知道他为什么要这么做。他的那些想法,我总是猜不透。"说完,典子咬住嘴唇,瞬间红了眼眶,大眼睛里噙满了泪水。

"典子……发生什么事了?"

听到智美发问，典子拿起照片看了看，说道："这男的就是那个人。女人是他的前女友。嗯……应该说是现女友吧。"

"……究竟是怎么回事啊？"

"这女人跑到我家去了，还带着这种照片。"

典子说起了上周五发生的事情。那天傍晚，突然下起雨来，她一边听着雨声，一边给智美写信。刚在信封上写完收信人姓名和地址，那女人就找上门了。她自称堀内秋代，说是在学生时代曾受过昌章许多照顾，恰巧来到附近，就前来登门拜访。典子有些惊讶，但还是把她让进了屋里。一开始秋代还说些客套话，后来突然把那张照片摆到了典子面前。

"那女人说什么昌章先生原本是打算和她结婚的，因为怕拒绝我会影响他在公司的前途，所以才无奈和她分手。她……她还把昌章送的金戒指拿给我看呢。"

典子气得眉毛直翘。

"为什么不和你结婚会影响他在公司的前途啊？"

"可能是想说，我仗着爸爸是财务部长逼婚吧。开什么玩笑，我爸爸又不是社长。再说了，明明是他主动提出要跟我结婚的。真是无理取闹。"

"这些话你和她也说了吧？"

"当然说了。可她怎么都不相信。"

当时秋代坚持说那不可能，昌章还爱着她，而且还想跟典子分手。典子火冒三丈，正想把秋代撵出家门，却被突然响起的电话铃打断了。打电话的是昌章，说是下雨，让典子到车站去接他。昌章平时都在北陆铁道的野町站下车，离家大概一点五公里。

"于是我就让那女人在屋里等着，自己到车站去接昌章。我急着要听听昌章有什么说辞，结果他一听那女人在我们家，脸一下子就青了。"

真没出息——强忍住骂人的冲动，智美婉转地说："倒是个不会撒谎的老实人呢。"随后催促道："快说快说，接下来怎么样了？"

"后来……等我们回到家里，那女人已经不在了。"

"啊？她干吗去了？"

"大概是回去了吧。"

"哦……这样啊。"这意外的结局让智美一下子泄了气。

"但事情可不能就这样算了，于是我盘问他和那女人到底是什么关系。这家伙一开始还支支吾吾地想敷衍我，后来总算说了实话。原来他们的确曾经交往过，而且是奔着结婚去的。"

"但已经分手了吧？"

"他是这么说的。但仔细一问才知道，两人并没有完全断了联系，现在似乎还在时不时地见面。"

"哇，这就太卑劣了！"

"是吧，你也这么觉得吧？"典子突然挺直身子，紧握在胸前的双手不停颤抖。

"我实在忍不了，就从家里跑了出来，周五晚上连夜回了娘家。"

"原来如此。怪不得你家的电话总是打不通呢。啊，你丈夫应该在家的啊？"

"他那个人，每天都加班到深夜，不超过十二点才不会回家呢。"

"啊，我就说嘛……"

说起来，典子确实在信里告诉过智美，丈夫是个工作认真的人。

"但现在想来，谁知道他是不是在加班啊，只怕是和那个女人在约会吧。"

智美也有同感，却不好说出口，便又问道："你是什么时候去的东京？"

"这周四。一方面是换换心情，另一方面是想找一份新的工作。我已经从这边的公司辞职，和那人分手后也不想再待在这里了，就寻思去东京算了。"

"太好了，这可是个好主意。我们俩又可以聚到一起了。找到好工作没有？"

"说到这个事情，东京的公司门槛都太高了。现实很残酷啊,所以想着也找智美你商量一下。"

"没问题,随时找我商量都可以。不过在此之前,还是得先把这件事弄明白才行。"智美用指尖点了点信和照片,"我们必须问问你家那位干吗要这么做才行。"

"说的也是……"典子双托腮踌躇了许久,终于把手"啪"的一声拍在桌上,"智美,和我一起回家吧?我想趁这个机会,把所有事情都做个了断。"

"请务必允许我同行。"

智美半是出于关心朋友,半是出于看热闹的心态,重重地点了点头。

6

"还有一件事,就是你那个邻居。"

在走向典子家的路上,智美想起了昨天的事,隔壁男子明明白白地说照片上的那对男女就是山下夫妇。听智美讲完,典子也歪着脑袋,表示想不明白。

"这就怪了,我和那人根本没见过面。搬来的时候是我丈夫自个儿去跟邻居打招呼的。"

"这样啊……"智美心想,那个男人可能只是随口敷衍吧。

离公寓越来越近,典子的面部表情越来越僵硬,脚步也放慢了下来。她刚才已经给昌章打过电话,说过一会儿就回去。

"典子,快走吧。"智美催促道。典子轻轻地"嗯"了一声,走上楼梯。

典子没有用钥匙开门,而是摁响了门铃。昌章开门出来,尴尬地笑道:"这是干吗呀,你直接进来不就好了。"典子面无表情地进屋,智美说了一句"打扰了",跟在典子身后也走了进来。

典子家是很标准的两居室,一进门就是厨房,里面是两个六张榻榻米大的房间。房间都收拾得很干净,只是到处装饰着蝴蝶标本,让人有点毛骨悚然。来到摆放着一张矮桌的房间,典子和智美并排坐下,昌章坐在了对面。

"要不要拿点喝的……"昌章想要招待一下客人,望着典子说。典子低头不语,智美见状,只好推辞了一句:"不用麻烦了。"昌章也不再客套,抽搐着脸硬挤出一个笑容。随后三人陷入沉默,屋子里的气氛如同灵堂一般沉重。

为了打破僵局,智美拿出了那封信:"我收到这样一封信,是您寄的吗?"

昌章瞥了一眼,微微摇头说道:"我没有寄过。"

"不是你还能是谁？"典子一张口就是质问。

昌章勃然变色道："我为什么要寄这种东西？而且这封信有什么问题吗？"

"信里还附了这张照片。"智美取出照片，放到昌章面前，又向惊讶不已的昌章讲述了一遍前因后果。

昌章听后，还是摇头道："我完全没有印象，怎么会发生这种事情……"

"我知道啦。肯定是那女人干的。她就是故意戏弄我，就是她干的！"典子歇斯底里地叫道。

"她不是那样的人。"昌章说。然而这句话如同火上浇油，典子越发激动了。

"智美，你听到了吧？他还维护那女人，果然还是喜欢她呢！"

"你说什么呢？这怎么可能！"

"可你们还在经常见面，不是吗？"见典子眼眶含泪，马上就要哭出来，智美便替她发问。昌章苦恼地皱起眉头。

"她和我分手以后，工作不顺心，家里也发生了很多事情，变得有些神经过敏，前些日子还试图自杀。虽说当时捡回了一条命，但她打电话找我，说见不到我就去死，我也没办法，只能去见她。当时只是一起喝茶，听她倾诉，帮她平复了一下心情。"

"撒谎，全都是谎言！"

"是真的，你不信就算了。"说完，昌章环抱胳膊，把身子转向一旁。典子只是一个劲地哭个不停。

这可不妙，智美心想。典子离婚倒是无所谓，可闹成这样，后面怎么收场？

"要不……咱们还是先问问那位小姐是不是她寄的信？既不是典子，也不是山下先生的话，除了她之外也没有其他人了。"

昌章板着脸沉默不语，最终认可了智美的意见，点点头站起身来。

"就这么办吧。这样下去，我要一直蒙受不白之冤了。"

说完，昌章去往厨房打电话，智美趁机取出自己的手帕给典子擦眼泪。典子抽抽搭搭地说："你看，是不是很过分？"智美不好接口，只好含含糊糊地"嗯"了一声，鼓励她道："别哭啦。回头你去东京，我一定给你介绍一份好工作。"

"一定哟。要月薪二十万日元以上，每周休息两天的工作哟。"典子哭着说。

昌章这一通电话比预想中的要长很多。智美侧耳倾听，发现对话的内容有些蹊跷。

"是的……对的。好像是周五傍晚来的。……没有，我没见到，是我妻子……是，是的。……现在吗？啊，没关系，地址是……"

他挂断电话，不等智美开口询问就说道："她失踪了。从上周五开始就联系不上了。"

7

没过多久，一名警察找上门来。他四十出头，圆脸，肚子上的脂肪垂下来，几乎要遮住腰带。

章昌往堀内秋代家打电话时，就是这位桥本警官接的电话。他接到了秋代父母"女儿已经失踪几天"的报案，电话打来时，他刚巧赶到秋代家，正在搜查她的房间。秋代是一个人住，因此没人知道她失踪的确切时间。上周五她离开公司后，就再没有人见过她。

"眼下，您太太可能是最后一个见到过堀内秋代的人了。"听完典子的陈述，警官话里有话地说。

那又能代表什么？一旁的智美想要反唇相讥，可最终还是忍住了。

接着，警察又寻根究底地问了许多问题，几乎所有问题都牵涉到了个人隐私，但事关重大，典子夫妇一一作答，没有露出丝毫不快的表情。

问完两人，警官把矛头指向了智美："信和照片能给我看一下吗？"

智美把它们往前一递。警察在接过之前，慎重地戴上手套。

"我能否先保管一段时间？当然，肯定会还给您的。"

这不是理所当然的事情吗？智美心里嘟哝着，嘴上气哼哼地答应着"好的"。

随后警察又说要采集三人的指纹，说是仅用于案件调查，用完之后会立即予以销毁。

三人自然不能说不，桥本警官随即联系了警署。没多久鉴定科的警察赶来，采集了三人的指纹。

"那个警察在怀疑我。"警察们走后，典子愤愤地说道，"他肯定认为是我对那个女人做了什么，所以才会那样不厌其烦地盘问我！"

"没那回事。问清楚所有的细节是他们的工作。"

"可是，他们还采集了指纹。"

"应该也是例行公事吧。我觉得，他们可能是按……"昌章说到这里时突然顿了一下，随后接着道，"自杀这条线调查的。"

智美也有同感，典子似乎也是这样想的，三人同时陷入了沉默。

"我，就先告辞了。"智美边说边站起身来。典子也随即站了起来。

"等等,我和你一起走。"

"但是典子你……"

"我决定了。"说完,典子挽起智美的胳膊朝玄关走去。智美转头看向昌章,只见他眉头紧锁,一言不发地低头凝视着桌面。等她俩换好鞋,准备出门时,他突然叫道:"智美小姐,请你把联系方式告诉我,否则警察问起来我不好交代。"

智美斜眼偷瞟了一眼典子,答了一声"好的"。

两人先是在一家商务酒店订了个双人间,随后溜达进了近江町市场附近的一家居酒屋。由于靠近著名的海鲜市场,这家居酒屋还可以提供特殊的服务:顾客在市场上买了鱼拿到这里来,老板可以帮忙现场加工。

"智美,你觉得我适合什么样的工作?我不喜欢坐办公室,还是跑外勤比较好。"典子一边吃着烤扇贝,一边问道。她酒量不大,两杯啤酒下肚后,双眼已经有些迷离了。

"嗯,这个嘛……"智美端着酒杯沉吟道,"我觉得,昌章先生应该没有说谎。"话音刚落,典子撇了撇嘴。

"为什么这么说?"

"你不觉得那个秋代真的有点精神失常吗?前女友变成那个样子,他出于关心去见一面也是人之常情嘛。"

"哦,因为对方精神失常,就可以随便约会了吗?"典子瞪圆了双眼。

"不是这样的……"

"我啊,我是讨厌他有事瞒着我。那个女人的事,两人偷偷见面的事,他可一句都没跟我提起过。这一点,就这一点,最讨厌了!"

说完,典子扑通一声趴在了吧台上。智美心里暗自懊悔,怎么忘记这家伙喝醉酒后喜欢哭了?看到典子的样子,厨师和其他客人都在轻声窃笑。智美叹了口气,把已经烤过头的甜虾送进了嘴里。

智美好不容易把跟跟跄跄的典子扶回酒店,立刻收到了桥本警官的电话留言,说是十点钟会打电话过来。看看钟表,现在才刚过九点,智美便把典子丢到床上,自己去浴室冲了个澡。

刚从浴室出来,电话铃就响了——是桥本警官。

"金泽之夜过得还愉快吧?"

"挺好的。"

"那就好。有一件事想跟您确认一下,那张照片您都给什么人看过?"

智美一一列举。

"好的,我知道了。打搅您休息了,实在抱歉。"说完,警官便自顾自地挂断了电话。真没礼貌!智美嘟着嘴把听筒放回了原处。一旁的典子已经沉沉睡去,鼻息沉稳,似乎心情好了许多。

次日清晨，电话再次响起。智美不满地"唔嗯……"一声，拿毯子盖住了头。典子伸手接起了电话。

三言两语过后，典子挂断电话，一把掀开了智美的毯子。

"干什么呀！"

"不得了啦，智美。警察说犯人被抓住了！"

8

智美和典子不明所以，匆匆忙忙地结账奔出酒店，钻进了出租车。打来电话的是桥本警官，只说犯人被抓住了，让她们赶紧回公寓，但对究竟是什么样的案件，犯人是谁却只字未提。

来到公寓附近，这里已经热闹非凡，有好几辆警车停在了楼前。两人从看热闹的人群中挤过去，桥本警官迎了过来："啊，辛苦两位了。"

"警官先生，这是……"

智警官伸出手制止了智美的询问，说道："接下来请听我解释。樱井已经招供，承认自己杀害了一名女性。"

"樱井……是谁?"

"就是住在山下夫人隔壁的男性。"

"啊,是那个人?那被他杀害的女性是?"

"堀内秋代小姐。"

智美"啊"了一声,一时不知该说什么,一旁的典子也僵立当场。

"我们还是上楼去谈吧。"警官用大拇指朝二楼指了指。

三人走进房间,只见昌章正坐在餐桌前,后面的两间房间里,几名身着藏青色制服的警员正在走动忙碌着。

"怎么回事?"典子向昌章问道。

"我们家好像就是杀人现场。"

"什么?!"

"两位先坐下吧。"警官催促道。智美和典子落座后,警官站在一旁开始讲述案件的来龙去脉。

案件果然发生在那个周五。典子出门去接昌章后,樱井听到声音,误以为房间内没有人,立刻偷偷溜了进来。

"但是他为什么要进我家?"

"这个嘛……目标是你家里的蝴蝶标本。樱井也狂热地喜欢蝴蝶,据他供述,自从在你们搬来时看到了你先生的收藏后,他就一直想要把它们弄到手。只要想到隔壁房间里挂着这些东西,他就连觉都睡不安稳了。"

"可能是因为我的收藏太小众了吧。"昌章的声音很沉重，智美却清清楚楚地看到他的鼻翼翕动着，似乎是在忍笑。

"但他是怎么进来的呢？我应该是锁好门之后才出去的。"

"这个嘛，是因为那家伙去房地产公司付房租时，发现那里有备用钥匙，就趁着老板不注意偷偷拿走了。"

"老板的确跟我们说过备用钥匙不见的事，我们正说要换个锁呢。"

智美也想起来老板曾拜托自己和昌章确认什么时候换锁的事。

"樱井进屋后，就开始挑选挂在墙上的蝴蝶标本，不想一名年轻女子突然从卧室里走了出来。那人自然就是堀内秋代小姐。樱井内心慌乱，怕她大声叫嚷闹出事来，便掐死了她。胆小怕事的人在陷入慌乱时，经常会做出类似的举动。"

警官说得云淡风轻，智美却早已经腋下冷汗直冒。

"事情演变成这样，樱井已经顾不上蝴蝶标本，他要处理尸体，还得给自己制造不在场证明。就在这个时候，他看到了信和照片。"

当时信在餐桌上，照片则被放在了里间的矮桌上。他把信浏览了一遍后，将它和照片一起装进信封，塞进了自己的口袋。樱井没见过典子，误将照片上的秋代当成了典子。

"随后樱井把尸体搬了出去，当夜便驱车来到犀川水坝附近把尸体埋在了那里。目前警员们正在展开搜索,相信很快就能找到尸体。第二天,那家伙还去朋友家玩,把信丢进了朋友家附近的邮筒里。他想得太简单了,以为这样就可以制造出直到寄信那天被害人仍旧活着的假象。"

"真是天真。如果失踪的真是典子,我周五就会向警察报案的。"

"不是这样的。据樱井交代,他从来没听到过山下先生返回的声音,这才误以为男主人很少在家。"

"还不是因为你老是深更半夜才回来。"面对典子的指责,昌章小声地嘀咕:"这样吗……"

"以上就是案件的整个经过。听上去案情并不复杂,但看漏一个环节,可能就永远也破不了案了。不过对樱井来说,寄出这封信才是致命的错误。"

警官简单地说完,合上了记事本。

"请问,你们怎么会怀疑樱井呢?"智美问道。

桥本警官点点头,解释道:"因为从照片上,警方发现了几个不属于三位的指纹。其中几个是堀内秋代小姐的,还有一些来历不明。所以昨晚我才问您都把照片给哪些人看过。从您那里得到线索后,我们连夜从门把手和车上采集了樱井的指纹。和猜测的一样,樱井的指纹与信纸和照片上的指纹吻合。今天一大早,我们找到樱井讯问,那家伙很快就交代了。"

昌章插嘴道："那时采集我们的指纹也是为了确认有没有嫌疑吗？"

警官挠挠头，又道："我当时就感觉是寄信人杀害了秋代小姐。不过这次破案还是要感谢各位的配合。对了，虽然樱井说他什么也没拿，不过两位还是检查一下家里有没有丢东西为好。"

"好的。"昌章立刻从椅子上站起身来，进屋查看蝴蝶标本去了。

"山下夫人也请确认家里是否丢失了贵重物品。"

"贵重物品啊……"典子脸色不是很愉快，"那就看看首饰盒里的东西吧。"

"哇，我想看！"智美兴奋地大叫起来。

卧室的梳妆台上放着一个长方形的首饰盒。智美正在感慨，就这么随便放在桌上，也太马大哈了吧。典子好像猜出了她的心思，说："里面没什么值钱的东西。"

说完，典子打开了盒盖，只见里面有一张白纸。"这是什么？"典子把它拿了起来，里面有样东西落在了地上。智美捡起一看，原来是一枚金戒指。

"这是秋代的戒指。"典子诧异地说。

随后她展开白纸，只见上面用口红写着："对不起。再见了。"

"看来她是打算在你们回来之前离开的。唉，如果能早一点走的话，也不会被杀害了。"智美说。

典子重重地点了点头。

当天傍晚，智美在金泽站乘上了"光辉号"特快列车。她准备先去长冈，在那里换乘上越新干线返回东京。

"下次再来啊，我请你吃饭。"典子隔着车窗喊道。

昌章也在一旁说："我们会先找好宽敞的房子，恭候您的到来。"他们不愿继续住在发生过凶杀案的房子里，明天就要另外租房子。

"你们也要保持恩爱哟。有什么事随时和我联系。"智美叮嘱典子。

"不会再有下次啦。"典子有些害羞地说。

列车开动了，站台上的两个人也从视野中消失了。智美终于放心地长出了一口气。

——真是一趟艰辛的金泽之旅，都没来得及好好逛一逛。算啦算啦，反正以后还能常来。

可是，没去成兼六园还是感觉很遗憾呢，智美心想。

哥斯达黎加的冷雨

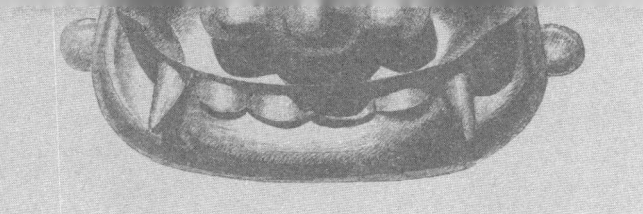

我没有与他争执,只是问了问后面我们应该做些什么,顺便让他给我们换了房间。虽然犯人应该不会追到酒店,但只要想到钥匙还在他们手里,我就心绪不宁。

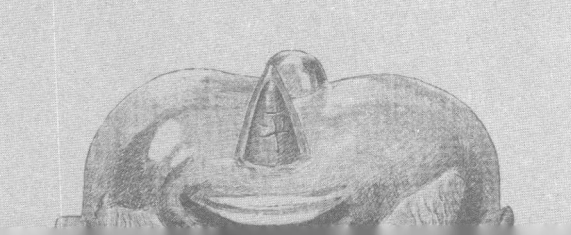

沉睡美人

1

眼前突然冲出两个呵呵大叫的怪人。两人都戴着滑稽的猴子面具，面具是橡胶材质的，像是万圣节时小孩子戴的那种。

我正在郁郁葱葱的热带雨林里和雪子前行，突然发生这种事情，一时惊得呆若木鸡，说不出话来。雪子紧紧靠在我身旁，也是悄无声息，身体绷得紧紧的。

两人都身形壮硕，右边更魁梧的那个先朝我们迈出一步。他穿着一件T恤，露出树干一般粗壮的胳膊，那件T恤已经被汗水和潮气濡湿，黏糊糊地贴在他的身上。他的手里还握着一件黑乎乎的东西，花了好几秒钟，我才认出那是一把枪。

那男人说了句什么，但他说的不是英语，而且声音隔着猴子面具，我根本听不清楚。

我只好先举起双手，转过头去想提醒雪子也有样学样，却看见她已经摆出了举手投降的姿势。

可能要死在这里了，我心想。遇到意外之灾，人会特别希望得到帮助，然而放眼望去，四面是莽莽丛林，根本不可能有其他人路过。当然，他们肯定是预见到这一点才埋伏在这里的。

脑子里转了许多念头后，我才感觉心脏怦怦直跳，呼吸开始变得困难，浑身冷汗直流。我知道，这是面对突如其来的变故，身体反应慢了一拍的缘故。

持枪男子又叫了起来，我只能听出一个单词"down"，猜测他是让我们蹲下，便保持高举双手的姿势，弯下腰去。此时他已经连连催促"down，down"，摁住我的脊背狠狠地向下压去。

"他……他好像是让我们趴下。"雪子用颤抖的声音说道。

"对对对，好像是的。"我把挂在脖子上的相机放在一旁，趴在了湿漉漉的草地上。雪子也把拿在手里的望远镜放下，趴了下去。

另外一名男子也走了过来。我抬头望去，眼前是一把明晃晃的大砍刀。他想干什么？难道是要砍我们的头？用枪不是更干净利落？不不不，也可能他们是怕枪声被别人听到！我又惊惶又紧张，不吉利的念头一个劲地从脑子里往外冒。不管怎么说，我们肯定是没救了。我和雪子就要被杀死在这里了——虽说已经做好了思想准备，但这种死法未免太过莫名其妙。人们常说，濒死的人都会在脑海中回顾自己过往的人生，如同走马灯一般，这种情形并没有出现在我身上。占据我大脑的只有三个字："为什么"。为什么会发生这种事情？为什么在这种地方？为什么？

为什么？

砍刀男弯下腰，开始翻弄我工装裤的口袋。只听一阵哗啦哗啦的金属碰撞声传来，应该是搜到了租赁汽车和酒店的钥匙。房间的钥匙倒无所谓，车钥匙被拿走可就糟了。车的后备厢里放着价值上百万日元的摄影器材，那可是我多年来的心血。他们会不会把器材给我留下？估计不会——眼看就要没命了，我居然还在意这些细枝末节的东西。

随后他又把我们的护照、旅行支票、信用卡和钱包从口袋里掏出来，最后摘下了我的手表。当然，放在地上的相机，他们也没有放过。我暗暗叫苦，相机是我从朋友尼克那里借的，这下要赔钱给人家了——如果我能活着回去的话。

接着，砍刀男把目标转向了雪子。但他只是随意翻了一下雪子的牛仔裤口袋，就失望地嘟哝了一句"no money"（没有钱）。他对望远镜似乎没有兴趣，连碰都没有碰它。

拿走想要的东西以后，两人把我们绑了起来。我反而放下心来，既然愿意费力气捆绑，那他们应该只是打算劫财，没有害命的意思。

说是绑，其实都没有用绳子，只是拿胶带缠住了我和雪子的双手双脚。完工后，两人还用脏毛巾堵上我们的嘴。他们似乎也十分焦虑，呼吸紊乱，隔着面具都能清楚地听出来。

把我们绑好以后，一名男子拍拍我的肩膀，连声说"OK，

OK"。

莫非他的意思是"别害怕,我们不会杀你们的"?

随后两人狂奔而去。远处传来汽车引擎发动的声音,他们似乎打算驾驶我们租来的汽车逃走。

然而引擎声并没有远去,没过多久,其中一人又跑了回来,大概是想确认我们是否还在原地。看到我们都老老实实的,他似乎放下心来,说了一声"再见",便再度离去了。这一次引擎声终于渐行渐远,最终消失在了丛林中。

我努力转头看向雪子,她和我一样双手被反绑,正可怜巴巴地望着我,仿佛在说"怎么会碰上这种事啊"。想来我的脸色也不遑多让,但能够保住性命已经是万幸,还奢求什么呢?

不知不觉间,天空淅淅沥沥地下起了小雨。雨滴钻进耳朵里,冰冰凉凉的。

必须赶紧想办法逃出去,我挣扎着尝试摆脱束缚。原以为可能是徒劳,没想到双脚竟立刻恢复了自由。那天我刚好穿了长雨靴,而他们只是把胶带在雨靴筒上缠了几道,所以脱下来并不困难。可见他们也慌张得很,没心思好好检查一下,没搜出我的腰包显然也是出于这个原因。那天我恰巧挎了个腰包,里面装了些现金,趴下时压在了肚子下面,他们居然都没有发现。

我站起身来,对着雪子"呜呜呜"地乱叫一通,意思是"我去找人帮忙,你就在此地,不要乱动",随即不顾嘴里还塞着毛巾，倒背着双手奔跑起来。

　　这里是一片莽莽林海，名为布拉利奥·加里奥国家森林公园。公园入口就在高速公路旁边。其实也并不是什么像样的入口，只不过是条勉强能供人通行的小路而已。我们遇袭的地点离这里不过大约两百米而已。

　　我走上公路，之前停在那里的租赁汽车果然已经不见了。我只能站到路边，等着有车辆通过。

　　没过多久，一辆面包车驶来。我一蹦一跳地展示自己被绑住的双手，同时脸上极力做出求救的表情。然而司机并没有停车，反而像撞见瘟神一样，打了一把方向盘远远地避开我，随即疾驰而去。

　　之后又有几辆车驶过，但大家的反应如出一辙，非但不停车救人，反而加速开走。我又不能跳到路上拦车，那样说不定会被撞死。

　　当时我并不知道，当地常有劫匪伪装成受害者拦车求救，一旦有人上当，劫匪就会立即将其洗劫一空，因此很少有司机敢冒险停车。

　　一直这样下去也不是办法，我只能再次回到雪子身边。她的姿势没变，依旧趴在地上，嘴里塞的毛巾掉了出来，却不巧堵在了她的鼻孔上，此刻她显得十分痛苦。看她这个样子，我忽然觉得十分好笑，虽然嘴巴里塞着毛巾，但还是"呼哧呼哧"地笑了起来。

"你还笑！"她气愤地叫道，"还不赶紧想想办法！我早就说过不想来这种地方的！"随后，她呜呜地哭了起来。

我赶紧跑到雪子身旁，用背对的姿势解开缠着她的胶带，又让她解开我身上的束缚。折腾来折腾去，直到两人重获自由，感觉花了足足二十多分钟。只是手表已经被抢走，我也不清楚真正用了多久。

我长出了一口气，瘫坐在地上说："真倒霉！"被胶带捆了太久，解开后手腕疼得火烧火燎的。

"我还以为会被杀掉呢。"

"我也是。"

"我讨厌这里，我们快回日本吧。"

"这个我知道，但首先我们得考虑怎么回酒店。"

"搭顺风车啊。"

"这个嘛……大家都不停车啊。"

"啊？为什么啊？"

"不知道。"

我带着雪子来到大路边，再次寻求帮助。如我所料，果然没有一辆车愿意停下来。

"这里的人真冷血啊！"雪子哭出了声。

好在天无绝人之路，一辆破破烂烂的巴士驶了过来。它的排气管扑哧作响，吹出阵阵灰烟。还好，我大概还能辨认出它是一辆专线巴士。

"还是拦公交车吧。"

我们连连挥手，然而公交车没有一点减速的迹象。我赶紧跑到大路中央，举起了双手，公交车才算停了下来。

脸色黝黑的司机从车窗里探出头来，嘴里愤怒地喊着些什么。我急忙跑到近前，用我仅会的一点西班牙语重复着"小偷"和"救命"两个单词。雪子则在一旁痛哭流涕。

不知是听懂了我的言语，还是被雪子的演技打动，司机最终让我们上了车。车里有十多名乘客，最初都用嫌恶的眼神盯着我们，司机跟他们解释了一通，大家才七嘴八舌地开始讨论起来。虽然完全听不懂他们讨论的内容，但他们的态度无疑已经转向了同情，甚至还专门从长条凳上腾出两个位置给我们坐。

"请问有哪位会说英语吗？"我用英语问道，又用西班牙语重复了几遍"英语、英语"。

乘客们不约而同地指向一个大叔。他一副穷酸相，抱着一个小篮子，畏畏缩缩地来到了我们面前。

"大叔，您会说英语？"我用英语问道。

大叔连连点头。

"请问这辆车是开往圣何塞的吗？"

圣何塞是哥斯达黎加的首都，我们住的酒店就在那里。

大叔又点了点头。

"太好了。只要能回去就好办了。"我用日语对雪子说。

大叔把手伸进篮子，掏出一些糖果似的东西递了过来，示意我尝一尝。我和雪子齐声说"no, thank you"（不用了，谢谢），摇摇头拒绝了他。他又把目标转向了其他乘客，看来是专在巴士上兜售糖果糕点的小贩，估计会说几句英语也是因为工作需要。

巴士摇摇晃晃地在山路上行进，邻座的雪子轻声抱怨道："今天可真够倒霉的！"我沉默着低下头，没有接她的话茬。

2

五年前我接到公司调令，前往多伦多工作。长久以来的夙愿终于达成，我和雪子都欢欣雀跃，兴奋异常。到达多伦多后，我们立刻在北约克区租了一套房子。

我之所以一直想在海外工作，最大的理由是不愿意终生困缩在狭小的日本，还有就是想见识一下外国的鸟类动物。从小学开始,我就喜欢观察野生鸟类,最大的骄傲是几乎已经把日本国内的野鸟看了个遍。即便是冲绳秧鸡[1],我也曾有幸一睹其真容。因此,我才动了去海外的念头。而加拿大更是我心驰神往之地,因为那里是自然的宝库,堪称一本页数无穷无尽的自然百科大辞典。

话虽如此,刚到任时,我根本没有闲暇去看野生鸟类。英语不好是最大的障碍,由于和下属沟通不畅,我在工作中小问题和失误层出不穷,应对客户也是连连失败。听不懂对方说的笑话,让他们扫兴已经是小儿科,好几次电话那头的客户已经在生气,我却浑然不觉,说话依旧词不达意,最终火上浇油,差点把生意搞砸,自己也颜面尽失。有很长一段时间,我只要听到电话铃声就吓得浑身打战。总而言之,克服语言障碍成了当时我面临的最大课题。

用时整整一年,我才熟练地掌握了日常会话。两年之后,终于在工作方面也能应对自如,别人说的笑话再无聊,也能配合着笑出声来了。不过秘书格蕾丝让我有些头痛,她每天不知在想些什么,总是心不在焉,回答问话时也十分敷衍,似乎和周围人有点格格不入,不过工作上倒是没犯过什么大错。

---

[1] 冲绳秧鸡是一种不会飞的鸟,仅生活在冲绳岛的北部山林中,二十世纪八十年代被发现。——编者

"她就是那个样子。换个状态的话，她反而会不适应。"一位熟悉格蕾丝的女员工曾对我说，因此我也就只能听之任之了。

除了格蕾丝，还有一个人跟我怎么都合不来，那就是住在我家后面的塔尼亚太太。她的儿子曾经营一家杂货店，但被附近的中国人的商店抢了生意，最终"关张大吉"。从那以后她就恨上了东亚人，不管我怎么解释，她都充耳不闻。最近她甚至还关注上了日本的经济情况，知道日本是巨大的贸易顺差国，一旦我家草坪忘记修剪，长得杂乱了些，立刻就会找上门来嘲讽一通："有赚大钱的时间，就没空打理下草坪吗？这附近就你们家，草坪乱得像野猫背上的毛一样。"

尽管有这种种不如意，我们还是慢慢适应了海外的生活。相比日本，这边休假要容易些，我们终于有闲暇漫游加拿大各地寻找野生鸟类，有时还能到欧洲去玩。从这里去欧洲，也比从日本去要近得多。

很快五年过去，不久前日本的总公司发来传真，要我准备回国。接到消息后，我和雪子大为沮丧，但终究是没有办法，只能商量着在回国之前找个地方好好旅行一次，多留下些回忆。

提议来哥斯达黎加的人是我。这个被誉为自然王国的小国里生存着鸟喙像香蕉一样的巨嘴鸟，还有翅膀虽小振翅速度却最快的蜂鸟，我早就想亲眼看看它们的芳容了。

"可是，那里的治安怎么样啊？"雪子有些担心。

我拍着胸脯保证:"这一点你不用担心,听说那里非常安全。"

"真的?那就去哥斯达黎加吧。"

就这样,我们回国之前的最后一次旅行,目的地就定在了这个位于中美洲的小国。我对此充满期待,兴高采烈地做着准备工作,和雪子一起去注射了脊髓灰质炎、破伤风和黄热病疫苗,喝了预防伤寒的冲剂,还领取了一周喝一次的疟疾预防药物。虽然麻烦事一大堆,但一想到能够邂逅巨嘴鸟和蜂鸟,我就乐在其中。

昨天我们乘坐了五个半小时的飞机才从多伦多飞到圣何塞,好不容易在酒店熬过一晚,大清早就到酒店的旅游服务台拿了份周边地图,确认过国家森林公园的位置后,兴冲冲地开着租来的车出发了。那时我们怎么也没想到,几个小时之后我们会变得几乎身无分文,坐上这么一辆破破烂烂的巴士。

3

在巴士挨了接近一个小时,我们连圣何塞的影子都没有见到。过了一会儿，巴士停在了一个小镇的空地上，司机开始打手势让乘客们下车。我们下了车，发现这里还停着一辆模样差不多的巴士。

"我们到底在哪儿啊？"雪子问。

"不知道，但肯定不是在圣何塞。"我无奈地说。

那个卖糕点的大叔用手指着另一辆巴士对我们说："圣何塞，圣何塞。"看样子，他似乎是想让我们乘那辆巴士。

"真没办法。"我叹了口气，"这里好像是和圣何塞反方向的终点站。"

"啊？那不是还要坐巴士原路返回？"

"看来是的。"

"呜嗯……"看雪子的脸色，她好像又要哭出来了。

乘客们慢慢围拢过来，卖糕点的大叔向他们解释了我俩的情况。虽然不知道他是怎么说的，反正所有人都朝我们投来了同情的目光。

一位老人不知道从哪里找来两个可乐瓶，从附近的水管里接了些水带过来。他嘴里说着"阿古阿，阿古阿"，我知道，这是水的意思，看样子他是想让我们喝口水休息一下。

接过瓶子，我不由得倒吸了一口凉气。瓶里的水呈红褐色，浑浊不堪，瓶底还沉淀了一层黑乎乎的东西。当地人可能无所谓，但外来者喝一口估计就得拉肚子。

"装出喝的样子就好了。"我用日语对雪子说,把瓶口凑到了嘴边。老人好像因为帮助了可怜的东洋人很是自豪,挺起胸膛,不停地点头。

巴士终于发车了。我张牙舞爪地打手势问司机现在是几点。本以为他能知道准确的时间,但忙活半天也只得到了一个"大约四点半"的模糊答案。

又随着巴士摇晃了大约一个半小时,我们终于回到了圣何塞。下车时,卖糕点的大叔冲我们不知喊了些什么。我心里暗想,这家伙肯定不会英语,便挥了挥手跟他道别。

我想打车回酒店,却半天也没等来一辆出租车。天慢慢黑下来,路上的行人越来越少,沿街的小吃店也纷纷关门打烊。我心里暗暗叫苦,忽然听到背后有人在喊话,转头一看,只见那里停了一辆车。

车子里有个人探出头来——是警察!车子是警车!警察说的是西班牙语,我听不懂,大概能猜到是在问我遇到了什么事情。

真是天无绝人之路,我赶忙把事情快速地讲了一遍。警察听完,示意我们去警车的后座上就座。

"总算苦尽甘来了。"我和雪子对视一眼,放心地长出了一口气。

可惜事情并没有那么简单。我原以为他会直接把我们带回警局，没想到警车在街上转了一圈又一圈，警察还时不时地靠边停车，找路人搭讪。就这样，时间又过去了接近一个小时。

"那个，出什么事了？"我从背后问道，他理都没理我。

不多一会儿，他又和一名白人女性搭上了话。女子穿着紧身夹克，年约四十岁。她和警察聊了一会儿，便上车坐到了我们身边。随后她微笑着用英语问道："你们这是怎么啦？"听到除了我们以外，还有人会说英语，我的心里顿时充满了亲切感。

听我讲完，她同情地说了句"真是不幸"，随后又用西班牙语向警察说了些什么。警察答应一声，发动了警车。

"接下来我们要去警局。"那名女子说。

"他为什么不直接带我们去警局？我刚刚已经把事情跟他说过一遍了。"

听完这话，她苦笑了一声。

"这位警察根本听不懂英语。但是看你们的模样，猜测你们可能是遇到了麻烦，所以才让你们先上车，然后一路找会英语的人好方便沟通。"

"啊——"我浑身的力气仿佛一下子被抽干了。

"身上一点钱都没有了吗？"

"不，这里还剩了一点。"我打开腰包，掏出了装有少量加币的钱包。钱包的拉链没拉上，几枚硬币掉了出来。我赶忙去捡，那白人女子也来帮忙。

"你们从加拿大来？"她看着硬币问道。

"是的。"

"我在加拿大有很多朋友。"她说着，把硬币放回了我的钱包里。

七点过后，我们终于到达警局。这里也其貌不扬，比普通的民宅好不到哪儿去。这会儿离我们被抢劫已经过去了差不多五个小时，这怎么还可能抓得住犯人？我的心里已经放弃了一半。来给我们录口供的年轻警察看上去就像集市上卖可可的小贩，全靠那身制服才撑起些警察的气质。那白人女性全程为我们充当翻译。谈话过程中我得知她是一名律师，这人的相貌并不出众，但在此刻的我看来，她简直如同女神一般。

大约三十分钟后，我们填写完报案申请表，警察指着雪子问了句什么。准确地说，是指着她胸前挂着的望远镜。

"他问你们犯人有没有触碰过这架望远镜。"女律师说。

"我也记不清了。"雪子答道。

"要是他们碰过，又怎么样呢？"我问。

"上面可能会留下犯人的指纹，所以他问能不能暂时保管。"

"那……还是给他比较好吧？我们也不知道犯人有没有碰过。"

听我这样说，她的表情有些复杂："交不交是你们的自由，但我不建议这么做。"

"为什么？"

"因为不知道他还会不会还。"

我吃了一惊，再看那年轻警察，只见他正盯着雪子的双筒望远镜。我又望向女律师，她做出一个"他们都是这样"的表情。

"我想起来了。"我说，"他们没碰过望远镜。"

女律师赞许地点点头，替我们翻译了，警察便没有再说什么。

录完口供后，警察用警车把我们送回了酒店。女律师在警局就和我们分开了，但临别时候给我们留了电话号码，说我们有麻烦的时候随时联系她。

八点半左右，我们终于来到酒店门外。我很想立刻躺倒在床上，但房间钥匙也被抢走了。我们冲向前台。周围人看到我们满身泥浆的狼狈样，无不惊得目瞪口呆。

这是一家日系酒店，有几名日本员工，其中一人赶忙迎了上来。

"真是稀奇，"这名姓佐藤的服务员感慨道，"我从没听说过有日本游客碰到这种事情。"

"事实是我们就是碰上了。"雪子有些生气。

"嗯，明白。我没有质疑你们的意思。不过……普通的观光客一般不会独自进那个林子的。"

"我本来听说哥斯达黎加的治安还不错的。"我说。

"这里是个好地方。"佐藤瞪大了眼睛说,"整个中美洲都没有哥斯达黎加这么安全的地方了。这里也非常欢迎日本游客。两位的遭遇完全是意外,如果因此对哥斯达黎加产生误解,我们可就为难了。"

他的语气出乎意料地激烈,可能是怕我们回日本以后四处宣扬。

我没有与他争执,只是问了问后面我们应该做些什么,顺便让他给我们换了房间。虽然犯人应该不会追到酒店,但只要想到钥匙还在他们手里,我就心绪不宁。

进了房间,我立刻脱个精光,一头扎在了床上。虽然很想就这样睡上一觉,但现在还不是时候。我让雪子先去洗澡,自己则拿起床头柜上的电话给信用卡公司打去电话,诉说了卡被抢走的经过。对面很痛快地回复,称会立刻将丢失的卡挂失,后续再和我联系发放新卡。接着,我又联系旅行支票的发行公司,把同样的事情陈述了一遍。

随后,我又不情愿地拨通了格蕾丝的电话。

"你好。"她的声音依旧沉闷而阴郁。

"是我。"

"啊,泰德。"知道是我,她的语气也没什么变化,甚至比原来更加冷漠了一些。

我尽量简洁地说明了情况,拜托她明天一早把办公桌抽屉里的护照复印件传真到酒店来。

"明天早上,把护照复印件传真过去,好的。"她对我们遭遇抢劫的事充耳不闻,仿佛是在处理极普通的公事。这反应几乎让我怀疑她是否真的听懂了我的话。

好不容易安排完所有事情,我重重地放下电话。一瞬间,疲惫感汹涌袭来。雪子从浴室出来,好像说了些什么。我脑子里想着,自己也浑身是汗,应该冲个澡清爽一下,但眼皮越来越沉重,怎么都不听使唤,终于沉沉睡去了。

4

这一觉一直睡到了第二天早上。我张开眼睛,发现雪子把腰包里的东西都抖在了桌上,好像在数算我们剩下的资产。

"还有多少?"我问道。

"大概三百美元吧。"

"太好了。有这些钱就够了。回头我们去银行兑换一下。"

"我说,这是什么?"她拿起一块小小的圆形金属板给我看。

"没见过啊……你从哪儿找到的？"

"和硬币放在一起来着。"

"哦……"我似乎在哪里见过这东西，一时却想不起来，"好像是什么零件吧，我没印象了。"

"到时就想起来了，肯定的。"说着，雪子又把金属板放回了钱包。

在酒店餐厅点了最便宜的早餐，吃过后我们来到旅游服务台。年轻的女接待员已经听说了我们的遭遇。

"我有个警察朋友，是他告诉我的。"她说，"两位受惊了，其实这里没那么差的。"

"大家都这么说，但我现在可不敢信了。"听我这么说，她没有反驳，流露出十分理解的表情。

出了这种事情，所有的日程都要调整。办完手续之后，我们离开了旅游服务台。看来是没机会观赏巨嘴鸟和蜂鸟了，不过没有办法，眼前最重要的事就是平安返回加拿大。

离开酒店前，原以为传真应该到了，到前台一问，服务员小哥却连连摇头。我懊丧地咬了下舌头："格蕾丝这家伙，果然忘记了！"

"那我们怎么办？"雪子问。

"没办法，先去日本领事馆吧，就说护照的复印件要过一段时间才到。那胖子，脑子不转弯也就算了，还整天心不在焉，

哥 斯 达 黎 加 的 冷 雨

从来不会替别人着想！"我嘴里不停发泄着对格蕾丝的不满，和雪子一起走出酒店。

到银行兑换了钱之后，我们打车来到领事馆。这里和昨天的警局一样，也是破破烂烂的，比民宅强不了多少。

一进领事馆，立刻就有工作人员接待我们。他又肥又胖，一张脸圆滚滚的，下嘴唇突出，活像一只加拿大松鸦。我们还没开口说话，他就同情地说："你们受苦啦！"看来警察已经联系过领事馆了。

"我们这就帮两位重新办理护照。"他说。

"不好意思，我们被偷走的护照的复印件还没送过来……"我含含糊糊地说。

他眨眨眼，递过来一张纸问道："是这个吗？"那正是我和雪子的护照复印件。

"您怎么会有这个？"我惊讶地问。

"今天早上，您公司传真过来的，说是希望能够尽快办理相关手续，我们也是因此才得知两位遭遇了抢劫。您有这么优秀的下属，真叫人羡慕。"

听了这话，雪子几乎忍不住要笑出声来，揶揄地看了看我。

"是的，您说的一点都没错，"我说，"她非常细心，对我帮助很大，而且头脑聪明，人也很漂亮。"

"真羡慕啊。"他又一次说道。

由于他要求我们详细讲述案件的经过，我只能把事情又从头讲述了一遍。听完后他沉吟着说："这种事情还是第一次发生呢。小偷小摸什么的倒是有一些。"

"捉住犯人的可能性几乎为零吧。"我不放心地问道。

"现在还不好说。不过……"他双臂环抱胸前，"犯人为什么要埋伏在那种地方呢？"

"不都说是为了抢劫吗？"

"但那种地方，不知多久才会有人路过。难道他们会连个目标都没有，在那里等着鱼儿自己上钩？"

"您说的也对。"我和雪子面面相觑。

"就算犯人有那个耐心，"他接着说，"他们又怎么会知道你们只有两个人？他们难道就不怕在实施抢劫的时候，你们的同伴突然出现？"

"您的意思是，犯人早就盯上我们俩了？"

"当然不能百分百断定，但我觉得有这个可能……最近是否有人一直跟着你们？"

"没注意过啊。"

"这样啊……"这名工作人员歪着头沉吟不语，胖脑袋好像缩进了身体似的，简直像极了加拿大松鸦。

"我们居然早就被盯上了，真是太可怕了。"走出领事馆，雪子心有余悸地说。我也深有同感。

"如果真是这样,为什么单单挑上了我俩呢?"

"可能因为我们是日本人吧。"

"所以他们觉得我俩是有钱人?"

"嗯。"

"真受不了。"我心想,政府得多向海外宣传一下,日本人也不全都是有钱人,不然遭罪的还是普通国民。

为了拍摄贴在护照上的证件照,我们按照领事馆工作人员的指示,走路前往附近的一家照相馆。途中路过一栋比领事馆还要大得多的民宅,民宅四周围着一圈铁栅栏,两名戴墨镜的男子正无所事事地在宽敞的院子里闲逛。

"那两个人好像是保镖。"

"个人也能雇用保镖吗?"

"好像是的。"

那户人家的窗户上装了铁栅栏,旁边几栋房子也是一样,而且看上去都很新。再想到我们被袭击的事情,看来犯罪的黑影正在逐步侵蚀这个和平的小国。

照相馆并不显眼,连个招牌都没有,仅看外观根本不知道这是什么商店。走进里面,只见几台老款相机并排摆在那里,不知是不是拿来销售的商品。

店里有位中年妇女,打扮得很是随意,像是随意裹了几块布料。她的英语虽然磕磕巴巴,但好歹能听得懂,这让我放心很多。给我们拍照片的也是这人，看她对相机那不珍惜的样子，我很担心照片拍出来后会是什么样子，但事到如今也只能听天由命了。

在雪子拍照时，我把店里的相机拿来把玩。好容易来到了哥斯达黎加，却连一张鸟类的照片都没拍到，我心里很不是滋味。但这会儿哪儿还有钱再买一台相机呢？

我恋恋不舍地观赏着相机，突然目光被其中一台吸引，不禁"啊"的一声，掏出了钱包。

"怎么了？"刚拍完照的雪子转头问我。

"这个东西，"我掏出了她今天早晨发现的那枚圆形金属板，"原来这是相机的纽扣电池盖。"

"啊啊……"她也想起来了，"是尼克借给我们的那台相机上的吗？"

"应该是吧。大概是掉下来以后被我顺手放到钱包里去了。"我嘴上这样说，心里又有些奇怪，因为我不记得自己曾这样做过。

照片要明天才能洗出来，这儿没有立等可取的服务。

随后我们又去了租车公司，确定车子有盗抢险，能够覆盖我们的损失。租车公司的人也说"真是太罕见了"。真让人窝火，难道我和雪子成了哥斯达黎加首例抢劫案的受害者？

晚上，我从酒店给远在加拿大的尼克打去电话。听到我的声音,尼克立刻说:"听说你们这次旅行非常愉快?"看来他已经从格蕾丝那里听说了我们的遭遇,张口就来打趣我们。"托你的福啊。"我没好气地回了一句。

"那就好。安没事吧?"

"还好。"他们都管雪子叫"安"。

"对了,有件事我得向你道歉。你借给我们的相机也被抢走了。"

"哦……果然被抢走了。真不应该借给你的。那相机有着光荣的历史,我曾祖父和汤姆大叔合影时用的就是它。这可是花钱都买不到的无价之宝。就算你想赔钱,我也不知道该要多少才合适。所以嘛,赔偿这事根本就没法谈。很遗憾,这次就这么算了吧。"他像连珠炮似的说个不停,我只能报以苦笑。

"那怎么行,我一定找台差不多的还给你。"

"不用放在心上啦。我没跟你说,那就是个老古董相机,有时候连快门都按不下去,纽扣电池的盖子也老是掉下来。"

"果然是这样。其实现在盖子还在我手上,回去以后还给你。"

"请务必归还。我刚才还是没说实话,其实那相机最值钱的部分就是这个盖子了。"

"交还给你之前,我一定放保险柜里保存好它。"我哈哈笑着挂上了电话。

5

第二天我们无事可做,想去附近的旅游景点转转,便又来到了旅游服务台。再次看到我们,那名年轻女接待员的眼中依旧充满了同情。

由于囊中羞涩,我便问她有没有便宜的旅行团之类。她向我们推荐了前往卡拉拉自然保护区的旅行团,说是来回都有小型巴士接送。此刻的我们只求体验一下当地旅行的氛围,当即便同意了下来。

"对了,昨天我发现了这样一篇报道。"说着,她递给我一份当地的报纸,上面有篇三周前一名英籍野鸟观察家遭袭的采访报道。虽然他和我们遇袭的地点不同,但犯人也是两人,也都戴着猴子面具。

"说不定这就是抢劫我们的那两个人。"我对雪子说,"得手一次之后,他们尝到甜头,在我们身上故技重施了。"

"那,他们应该还会再犯案的吧?"

"肯定的。"

我问接待员能否把报纸送我,她很愉快地答应了。

午后,我们在酒店门口乘上小型巴士,前往卡拉拉自然保护区。同行的旅客都手持相机,我们却只有一架望远镜。随着巴士摇晃，雪子嘴里还说着煞风景的话："有时就是这样，人在没带相机的时候，反而能看到珍奇的鸟类。"

我的邻座是一名体格强健的白人男子，正在笨拙地往相机里装胶卷，看来还没熟悉怎么操作。看他那副模样，我又想起了自己的相机，忍不住和雪子嘀咕："不知道劫匪会怎么处理相机里面的胶卷？"

"肯定随手就扔掉了吧。"

"很有可能。哈啊，我应该和他们商量一下，把胶卷留下来的！"

"为什么？你不是什么都没拍吗？"

"不是的，在碰上他们之前我已经拍了两三张，拍到的都是相当罕见的鸟呢。"

"哦……可那也没办法啊。"

说完，雪子呆呆地望向了窗外。忽然她像想起什么似的朝我转过头，问道："拍照片的时候不需要用到纽扣电池吗？"

"电池？当然要用啊。电池是用来调节曝光度和快门速度的。"

"但那时候电池盖不是已经掉下来了吗？还能拍到东西吗？"

"这……"我半张着嘴，愣在了那里。

雪子说的没错。如果电池盖脱落，电池也会随着掉出来。那种情况下拍照的话，肯定一眼就能察觉出异常。既然我拍了照片却没有察觉异常，说明那时候电池的盖子还没有脱落。那么，为什么相机被劫匪抢走后，电池盖会出现在我的钱包里呢？

"啊——"我和雪子同时叫出声来。我站起身，冲司机喊道："停车！"

6

案发四天以后，我和雪子拎着大包小包的行李来到了机场。在机场柜台办理完登机手续，我们想喝杯咖啡打发时间。当我们四处打量，寻找咖啡厅时，身后突然传来了招呼声。我回头看去，那位叫凯西的女律师正走过来。

"太好了，总算赶上了。"她微笑着对我们说。

"您是专程来送我们的？太感谢了。"

"我可不希望两位觉得哥斯达黎加是个坏地方。"

"那倒没有，"我皱着眉头答道，"只是这次我们运气不太好罢了。"

"下次你们运气好的时候，记得再来玩哟。"说完，她调皮地冲我挤了下眼睛。

我们找到一处咖啡摊,买了几杯纸杯装的咖啡,站在那里边喝边聊。

"钱的问题都解决了吗?"女律师问道。

"嗯。信用卡公司给了我一张可以用一个月的临时卡。旅行支票已经被劫匪兑了现金,但出票公司发现签名的笔迹不同,就把钱退给了我们。"

"那被抢去的东西呢?"

"我的摄影器材都有保险,应该能获得赔偿。问题是从朋友那儿借的相机,必须得赔偿他。"

"尼克的相机啊。"她笑了笑,"这次能找到破案线索,真是多亏那台相机呢。"

"所以不光得赔偿,还得准备礼物谢谢他呢。"我说。

为什么电池盖为什么会在我的钱包里?我和雪子穷思苦想,终于想起我曾在警车里打开腰包,硬币掉了一地。电池盖应该是在那时一并被捡起放进钱包的。

这就说明,电池盖早在我们上车之前就掉落在警车里了。但有没有可能这电池盖不是尼克的那台相机上的,只是碰巧有人拿着一台相机上了警车,并且那台相机的电池盖也掉了下来?然而发生这种巧合的概率实在是太低了,相机的纽扣电池盖不会轻易掉下来的。

随后我又想起了当日被叫上警车时的情景。我们乘上那辆警车也不是偶然，我们原本想打车，是警察主动招呼我们的。

于是我给凯西打去电话，说了自己的想法。她很快就领会我的言外之意，迅速联系了警方。

后面的事情发展我也不太清楚，似乎警察们搜索了那辆警车，找到了一节相机用的纽扣电池。拿着物证一审问，那名开车的警察很快就招供了。

根据这名警察的供述，他与两名劫匪在酒吧相识，和两人赌博时输了一大笔钱。警察没钱还债，两人便提出让他做内应，有人数少的旅客来时就通知他们。

他坚称当时自己不知道两人打探消息是为了打劫，但是否真是这样，恐怕只有他自己知道了。

那警察和旅游服务台的女招待员也很熟，和她聊天时得知有一对日本情侣从加拿大来旅游，即将前往布拉利奥·加里奥国家森林公园，便照例把消息告诉了两名劫匪。两人便前往埋伏，袭击我们，抢走了财物。

随后两人找到警察，向他炫耀抢来的赃物。相机的零件大概就是那时掉在警车里的。按警察的说法，他直到那时才知道两人的真正目的，而一想到提供消息的人是自己，事情一旦暴露，他就是同案犯，便隐瞒了事情的真相。与此同时，他又觉得很对不起那对日本情侣，这才到处找我们，还主动招呼我们上了警车。

哥斯达黎加的冷雨

"您觉得那警察说的是实话吗?"我喝了一口咖啡,问凯西道。

"应该是在撒谎。"她答道,"肯定是和两人有分赃的约定,警察才会提供消息。毕竟三周前他们就曾抢劫过一次外国旅客了。还有,我觉得他把你们拉上警车有两个目的。一是想问问你们对犯人知道多少,二是想拖延你们报警的时间。他不是拉着你们在街上转了很久吗?"

"原来如此。"

"可是,这一招弄巧成拙,反而让你们在警车里找到了被抢走的相机的零件。"

"更倒霉的是他让我们碰上了您。"

听了这话,她露齿而笑:"您能这么说,我真是太高兴了。"

两名主犯目前依旧下落不明,只知道他们把抢来的租赁汽车丢在了机场的停车场里。女律师估计警察不会认真追查,寻找两人的踪迹。我在心里暗暗表示赞同。

转眼间登机时间到了,我们站起身来。

"请一定再来玩。"她说。

"等运气好一些的时候我们再来。"我嘴上答应着,心中却在嘀咕:这种地方谁还敢再来啊!

和来时一样,花了五个半小时我们才回到加拿大。抵达多伦多时,我和雪子都已经筋疲力尽。

乘上出租车，我们向住所奔去。熟悉的街景一一映入眼帘，外出旅行过这么多次，我从未感觉自己对这里竟是如此的思念。

我们在公主大道下了车。看着院子里绿油油的草坪，漂亮的砖砌楼房，我长出了一口气：终于到家了。

走近房门，我看到房门上贴着一张白纸，上面用马克笔写着：

"Welcome home Ted & Ann"（欢迎泰德和安回家）。

字迹很潦草，无疑是塔尼亚太太的手笔——可能是格蕾丝让她这样做的吧。看到它们的瞬间，我浑身的力气突然消失殆尽，站都站不稳，无力地蹲下身去。随即雪子在我耳边"哇"的一声号啕大哭了起来。

解 说

西上心太（文艺评论家）

一九九七年九月二十七日，东京有乐町的读卖会馆热闹非凡。为了庆祝日本推理作家协会成立五十周年，文士剧《我们热爱的怪盗二十面相》在这里举行公演。开演前三十分钟，我就已经来到商场顶楼的剧院大厅，只见观众们正排队等待开场，长蛇阵已经延伸至楼梯口。我沿着楼梯下行，想要看看队伍到底有多长，结果下到一楼才算抓住"蛇的尾巴"。这是一部有趣的戏中戏，相信许多观众都曾在次日的电视播映中欣赏过。

剧情大体是这样：大幕拉开，推理作家们正在紧张地排练一出戏剧。剧本只完成了前半部分，演员阵容也没有最终确定。推理作家协会理事长北方谦三和大泽在昌争着扮演主角明智小五郎，提白员宫部美雪忙着调解。剧本完成稿终于送到了焦头烂额的导演井则元彦手上。就在大家乱作一团时，剧本突然凭空消失，远处传来怪盗二十面相的笑声……人物设定相当有趣，演出阵容也十分庞大，共有四十二名"业余演员"参演。要给他们每个人都安排合适的角色，不难想象撰写剧本的辻真先生的辛苦。

由于这是一出戏中戏，大多数作家扮演的角色就是自己，只有两位出演了自己小说中的人物。一位是北村薰，他扮演仅靠倾听"我"这个女大学生的声音，就能轻松破解潜藏于日常生活中的谜团的落语演员春樱亭圆紫；另一位就是东野圭吾，扮演了独步古今、天下无双的名侦探天下一大五郎。

当日舞台上的天下一大五郎身穿花呢格绒上衣，脖颈缠绕着纯白色围巾，手持拐杖，看上去派头十足。东野圭吾曾创作过一部搞笑作品《名侦探的守则》，狠狠讽刺了侦探小说中的固定套路，天下一侦探便是全书主角。因此他在部戏中的外形是典型的名侦探，说出的台词却冗长而不着边际。然而高大帅气的东野圭吾，看上去居然很贴合这个荒诞滑稽的角色。果然帅哥无论做什么事都有形象加分。不仅是外形，更让我震惊的是他清晰洪亮的吐字发音，几乎不逊于专业演员。光文社出版《文士剧——〈我们热爱的怪盗二十面相〉全记录》后，东野圭吾曾评论道："那是我首次登台。此前我只在上幼儿园时，曾有过一次在儿童剧中扮演小狗的机会，可惜当天我睡过了头，没能参加演出。对我这样的人来说，背诵大段的台词简直就是酷刑。如果到公演的时候还是背不下来，恐怕我就只有使出小时候的法子了。"他虽然讲得谦虚,但那天他在舞台上的表现令人赞叹,很是吸引眼球。想必那晚过后,又能收获一大批女粉丝了。

其实,不只这些业余爱好,东野圭吾在小说创作方面的才能更为惊人。一九八五年,他凭借小说《放学后》获得第三十一届江户川乱步奖,开始在文坛崭露头角。当时的东野只有二十七岁,是江户川乱步奖史上第二年轻的获奖者。

《放学后》是一部讲述发生在女子高中的密室杀人案件的校园推理小说,随后东野圭吾推出第二部作品《毕业》,描写了发生在七名即将毕业的大学生之间的杀人案件。其中这部作品的主角——大学生加贺恭一郎分别作为教师、警察在后来的几部小说中出场,成为东野系列作品中的重要人物之一。他的第四部作品《学生街的日子》同样将目光投向学生,讲述了一位大学毕业后不愿就业,依靠打零工为生的青年被卷入杀人案件的故事。

因为这几部作品,东野圭吾理所当然地被贴上了"青春推理作家"的标签。回头再看,他承认当时受到了因《阿基米德借刀杀人》而备受瞩目的小峰元的影响。另外,在接受《鸽子哟!》杂志(一九九七年三月号)的采访时,他曾解释道:"写作《放学后》时我只有二十六岁,创作以社会为舞台的作品尚且力有未逮。学校依然是我最为熟悉的世界,因此才将创作重点放在了校园内。"不过,他对自己早期的作品并不满意:"尽是令人汗颜，想要彻底遗忘的拙劣之作。"然而在我看来，《学生街的日子》以青年的苦闷和成长为主题，生动描绘了初入社会的青年们平庸乏味的日常生活，反映出他们对未来的迷茫与不安，无疑是一部杰作，奠定了东野圭吾在推理小说界的地位。

《学生街的日子》以后，东野圭吾的写作才能开始真正爆发。他创作了大量风格迥异的作品，如描述古典芭蕾世界里的爱恨情仇的《沉睡的森林》，日本唯一一部以跳台滑雪运动为题材的推理小说《鸟人计划》，以及新人小学教师和调皮学生在大阪挑战各种案件的系列小说《浪花少年侦探团》等，彻底摘掉了"青春推理作家"的标签。近年来，他又不断尝试在作品中加入新的元素。《造彩虹的人》以用光演奏"光乐"的天才高中生为主角，充满悬疑色彩；科幻向作品《平行世界爱情故事》讲述了虚拟现实研究者在记忆与"现实"的冲突中痛苦挣扎的故事；而《天空之蜂》中恐怖分子将核电站定为了袭击目标，又有社会派推理的影子。

除此之外，东野圭吾也从未停止过以"暴风雨山庄"题材为代表的本格推理小说的创作，其代表作当数让"叙事性陷阱第一人"折原一都自叹弗如的《假面山庄》，及排演舞台剧的演员们依次按剧中顺序被杀害的《大雪中的山庄》。前文提到，东野圭吾曾扮演自己的作品《名侦探的守则》中的角色天下一大五郎。在《名侦探的守则》中，他自嘲式地解构了本格推理中的

解　说

各种固定套路。然而辛辣的讽刺，更说明了他对这一创作类型的热爱。此外，《谁杀了她》也是东野圭吾的重要作品之一。全书只有两名嫌疑人，一切线索都摆在读者面前，最后却没有揭秘凶手，让读者自行享受推理的乐趣（对有些读者来说反而可能是痛苦）。

本书由曾在《小说宝石》及《小说宝石别册》杂志上刊载的七则短篇故事组成，其中六则均以第一人称展开叙述。

电影《桃色公寓》般的故事居然发生在了我的身上。阴差阳错，我把公寓借给同事约会。这天清晨回家，却发现一个素不相识的女人躺在我的床上。因为前一天喝得烂醉如泥，她根本记不起她的约会对象是谁，甚至翻云覆雨时都没有做保护措施。由于她说找不到昨晚的男人就赖着不走，我只能为此疲于奔命。

——《沉睡美人》

我被警察追得走投无路，慌不择路地逃进了"那家伙"的家中。如今的我沦落到这步田地，都是因为他那错误的判罚。

——《不变的判罚》

我在总部的原上司头部遭到重创，死在了反锁着的休息室里。大家都认为是机器人失控所致……谁能想到认真工作会招来如此讽刺的结果？

——《工作，还是死亡？》

蜜月旅行时，我用手掐住了妻子的脖子。"是不是你杀死了宏子？"宏子是我和前妻所生的女儿，因一氧化碳中毒而死。有个可怕的疑虑始终在我脑海中挥之不去——当时还是未婚妻的妻子和宏子一直不睦，是不是她杀了宏子？

——《苦涩的蜜月旅行》

看着眼前陈旧的相册，十三年前的往事涌上心头。从小佑介就一直骑在我头上，这次又非要和我比赛谁在东北地区的旅行会更加丰富多彩。来到日本海沿岸，我在一座灯塔里住了一晚。我向佑介隐瞒了那晚在灯塔里的真实经历，撺掇他也去了那里。

——《灯塔之上》

智美收到了大学同学寄来的结婚喜报，但信中所附的却是陌生人的照片。智美赶忙向公司请假，来到了朋友的故乡金泽市。

——《结婚喜报》

我是一名公司员工，和妻子前往哥斯达黎加旅行，在外出观察野鸟时不幸遭遇抢劫，现金、护照、相机等几乎被洗劫一空。没想到，从腰包里掉出来的纽扣电池帮我们找到了真凶。

——《哥斯达黎加的冷雨》

这七则故事都没有出人意表的陷阱设计，胜在结构紧凑，余味悠长。足以证明不单是长篇，东野圭吾在短篇小说创作方面也同样得心应手。

无论长篇还是短篇,他始终能够持续输出高水平的作品。尤其是他不局限于一种风格,始终保持旺盛精力,不断探索新的题材和风格,其间必然充满了我们难以想象的困难。然而,作家的痛苦恰恰是读者的幸福。我们衷心期待他能够砥砺前行,继续推出激动人心的优秀作品。

《AYASHII HITOBITO》
© Keigo Higashino, [2020]
All rights reserved.
Original Japanese edition published by Kobunsha Co., Ltd.
Publishing rights for Simplified Chinese character arranged with Kobunsha Co., Ltd. through KODANSHA LTD., Tokyo and Kodansha Beijing Culture Co., Ltd. Beijing, China.

© 中南博集天卷文化传媒有限公司。本书版权受法律保护。未经权利人许可，任何人不得以任何方式使用本书包括正文、插图、封面、版式等任何部分内容，违者将受到法律制裁。

著作权合同登记号：字18-2024-189

图书在版编目（CIP）数据

沉睡美人 /（日）东野圭吾著；岳冲译. -- 长沙：湖南文艺出版社, 2025.3. -- ISBN 978-7-5726-2184-0

Ⅰ.Ⅰ313.45

中国国家版本馆CIP数据核字第2024ZE4950号

上架建议：畅销·悬疑推理

CHENSHUI MEIREN
沉睡美人

著　　者：	［日］东野圭吾
译　　者：	岳　冲
出版人：	陈新文
责任编辑：	张子霏
监　　制：	于向勇
策划编辑：	布　狄
版权支持：	金　哲
特约编辑：	王成成　罗　钦
营销编辑：	时宇飞　黄璐璐　邱　天
装帧设计：	沉清 Evechan
版式设计：	马睿君
内文排版：	谢　彬
出　　版：	湖南文艺出版社
	（长沙市雨花区东二环一段508号　邮编：410014）
网　　址：	www.hnwy.net
印　　刷：	三河市天润建兴印务有限公司
经　　销：	新华书店
开　　本：	855 mm × 1180 mm　1/32
字　　数：	143千字
印　　张：	7.75
版　　次：	2025年3月第1版
印　　次：	2025年3月第1次印刷
书　　号：	ISBN 978-7-5726-2184-0
定　　价：	59.80元

若有质量问题，请致电质量监督电话：010-59096394
团购电话：010-59320018